The

Meine aufregendsten One Night Stands

Frauen, die ich nie vergessen werde

The Womanizer

Meine aufregendsten One Night Stands

Frauen, die ich nie vergessen werde

Bibliografische Informationen der Deutschen Nationalbibliothek
Die Deutsche Nationalbibliothek verzeichnet diese Publikation in der
Deutschen Nationalbibliografie; detaillierte bibliografische Daten sind
im Internet über dnb.dnb.de abrufbar.

Printed in Germany

ISBN 978-3-7528-4102-2

Herstellung und Verlag: BoD – Books on Demand, Norderstedt

Meine aufregendsten One Night Stands

Frauen, die ich nie vergessen werde

The Womanizer

Inhaltsverzeichnis

Meine aufregendsten One Night Stands

SEX ist mein Leben! Das wissen alle, die mich und meine Bücher kennen. Ich bin Casanova, Don Juan, Frauenversteher und Womanizer in einer Person. Über 1.500 Ladies habe ich bereits im Bett gehabt. Eine Sammlung, die selbst Burt Reynolds und Mick Jagger neidisch machen würde. Von 18 bis 50 war und ist alles dabei. Um die 50 allerdings nur eine Handvoll, da viel too old.

Mein Zielalter ist deutlich jünger: 18 bis maximal 35! Da sind die Ladies am schönsten. Ab 35 geht es bergab mit der Optik, da wachsen die Falten zu einem Quallen-Berg heran, die Frau verwelkt. Wie gesagt, ein paar Ausnahmen gibt es Gott sei Dank, ich hoffe, meine Gattin Andrea ist so eine. Bis jetzt sieht es gut aus: Als zweifache Mutter und langjährige Frau an meiner Seite ist sie immer noch sehr hübsch und hat einen attraktiven Körper. Natürlich nicht mehr den wie vor 10 Jahren, aber immerhin.

Der Sex mit ihr ist immer noch schön und erfüllend, vor allem auch die Nähe mit ihr. Die genieße ich sehr. Meine beiden Kinder, John Paul und Anna Lina, sind meine größten Schätze, ohne sie geht gar nichts. Und trotzdem, glücklich in Beziehung und erfolgreich im Beruf, wie ich es nun mal bin, brauche ich nach wie vor die Abwechslung im Bett, und damit meine ich nicht die Bettwäsche, sondern die Damen.

Ja, gut, ich gehe fremd, wenn man es so nennen will, aber betrügen tue ich Andrea schon mal gar nicht. Im Gegenteil: Sie hat es gut bei mir! Sie lebt in einem großen Haus, muss eigentlich nicht mehr arbeiten, tut es dennoch freiwillig auf 50%-Basis, sie genießt ein Leben ohne jegliche Geldsorgen und auf hohem Niveau. Das alles biete ich ihr.

Dafür gönne ich mir halt auch mein gewisses Extra. Ein Glück, dass mir meine Maus so sehr vertraut, denn so kann ich mir Freiräume schaffen und diese zu meiner Befriedigung nutzen. Vorsichtig muss ich natürlich trotzdem sein, denn zu verlieren habe ich eine ganze Menge. Und dumm ist die Andrea auch nicht.

Dafür liebt sie mich über alles und lässt mir mein Leben. Doch sollte sie mir jemals auf die Schliche kommen, dann würde sie den Weltuntergang herbeischwören. Dann würde mir grausame Folter drohen, sie würde mich bestrafen mit Krieg, Scheidung, Trennung, Kinderwegnahme, Geldwegnahme, Eigentumswegnahme, Hass und mehr. Soweit darf es nie kommen!

One Night Stands sind ein probates Mittel, um unverbindlich sein Vergnügen zu erzielen. Viel einfacher als eine Affäre, die einem schnell zum Verhängnis werden kann. Ich bin ein echter Profi, was One Night Stands angeht. Zu viele habe ich schon erlebt und erlebe sie weiterhin, dass ich genau weiß, wie ich eine Frau, die ich geil finde und vernaschen will, tatsächlich ins Bett und von ihr Sex bekommen kann.

Ja, das ist der Womanizer! In all den vielen Jahren, die ich One Night Stands betreibe, ist so viel Material zusammengekommen, dass ich damit eine 20.000 Seiten starke Enzyklopädie füllen könnte. Und jede Seite wäre eine lesenswerte. Für dieses Best of Special stehen mir lediglich 112 Seiten zur Verfügung, also habe ich mich für die wirklich aufregendsten One Night Stands meines Lebens entschieden, mit Frauen, die ich nie vergessen werde.

Sie alle waren unfassbar gut und einzigartig, um ihre Präsentation und ihren Platz hier zu rechtfertigen. Lasst euch inspirieren von meinen Taten, taucht ein in den Körper des Womanizers und spürt, was abgeht. Ich wünsche euch viel Freude und Lese-Spaß mit „Meine aufregendsten One Night Stands"!

Euer Womanizer

Clam Rock – Natascha & Doreen

Als Rockmusik-Fan ist es für mich Gesetz, einmal jährlich in das schöne Klam nach Österreich zu fahren und die Veranstaltung „Clam Rock" zu zelebrieren. Burg Clam ist ein Wohnsitz der Familie Clam-Martinic und befindet sich auf dem Gemeindegebiet des Marktes Klam im Unteren Mühlviertel in Oberösterreich. Die Felsenburg steht auf einem bewaldeten Bergrücken oberhalb des Marktes Klam, der an einer Seite steil zur Klamschlucht abfällt. Wunderschönes Ambiente!

Meine damalige Freundin Andrea, heute Ehefrau, kann mit Rockmusik nicht ganz so viel anfangen wie ich, also ließ sie mich alleine fahren. Der Festivaltag startete an einem Samstagmittag um 13 Uhr. Ich war überpünktlich dort und genoss nach einem schnellen Mac bei Donalds die Natur, ehe ich mich – wie über 10.000 andere auch – auf den Weg in die Area machte.

Viele Campingwagen und Zelte standen neben meinem BMW, denn der Tag sollte lang werden. Musik von 14 bis 23 Uhr war angesagt, namhafte Bands, internationale Künstler von Deep Purple bis Status Quo standen auf der Agenda. Als um 13 Uhr das Gelände geöffnet wurde, drückte ich mich hinein und suchte mir einen Platz, wo ich es mir – auf einer mitgebrachten Decke sitzend – im grünen, noch gut riechenden Gras gemütlich machte.

Ich beobachtete das Treiben. Von den Rock-Opis waren viele vertreten, aber auch einige hübsche, deutlich jüngere Biker-Girls mit blondem Haar und Hot-Pants-Jeans setzten sich optimal in Szene. Ich trank mein erstes Bier und wartete.

Da war sie: Mein Fick für den Abend! Ich wusste es sofort, als ich sie sah. Eine etwa 23-jährige, bildschöne Frau, halbnackt gekleidet mit engem T-Shirt und kurzem Mini-Rock, irrte etwas verloren in der Gegend herum. Sie suchte scheinbar etwas oder jemanden. Als sie in meine Richtung schaute, winkte ich sie überdeutlich zu mir her. Sie gehorchte aufs Wort und stand 10 Sekunden später direkt vor mir. „Hallo", startete ich die Konversation", „kann ich Dir helfen? Du scheinst auf der Suche nach etwas zu sein."

„Ja", antwortete die Kleine in einem Vorarlberger Akzent, „ich suche meine Freundin Doreen, die ist irgendwie im Gedrängel beim Einlass verloren gegangen." „Und wer bitte sucht die Doreen?", wollte ich wissen. „Die Natascha."

„Grüß Dich, Natascha", stellte ich mich ihr höflich vor. „Ich schlage vor, Du bleibst hier – genau bei mir – stehen, und gemeinsam werden wir Deine Freundin suchen. Beschreibe sie mir." Die Gesuchte hatte lange, schwarze Haare bis zum Popo, war 24 Jahre alt und 1,70 m groß. Sie trug einen gelben Sommer-Rock und ein blaues Body-Shirt mit dem weißen Aufdruck „Sexy Girl" neben einem Playboy-Häschen. Dazu eine glitzernde Sonnenbrille.

5 Minuten suchten und suchten und suchten wir, bis ich eine Verdächtige wahrnahm und Natascha auf diese aufmerksam machte. „Das ist sie!", jubelte sie und lief wie von Sinnen auf ihre Busenfreundin zu. Ich hatte Angst, dass sie nicht wiederkommen würde, aber Gott sei Dank tat sie genau das. Und nicht alleine: „Hier, das ist meine beste Freundin, die Doreen." Ich lächelte sympathisch und hieß sie herzlich willkommen auf der Burg.

Es entwickelte sich ein nettes Gespräch, aus dem hervorging, dass wir das Rock-Festival zu dritt genießen würden. Perfekt! Mein ausgewählter Platz erwies sich als der absolut richtige. Ich in der Mitte, Doreen links, Natascha rechts – so lauschten wir der ersten Band. Eine regionale, die uns nicht so zusagte. Also quatschten wir lieber. Ich erfuhr, dass Natascha tatsächlich 23 Jahre alt war und im Kaufland arbeitete, an der Wursttheke. Aha, die kennt sich also mit Salamis aus!

Ihr Freundin Doreen verkaufe in einem Reisebüro Reisen. Ich erzählte ihnen über meinen TV-Job. Pause. Pinkelpause. Trinkholpause. Nächster Act. Schon besser, aber immer noch nicht gut genug. Also intensivierten wir unser Kennenlernen.

Doreen hatte einen Freund, die Natascha war frisch getrennt. Beide waren mit Auto und Zelt da, planten, die Nacht auf dem Gelände zu schlafen und erst am nächsten Mittag ihre – kürzere als meine – Heimreise anzutreten. Natascha und ich verstanden uns super. Ihre offene, direkte Art kam mir sehr entgegen. Ihr Lachen war faszinierend schön.

Die nächste Band, eine der besten Metallica Tributs der Welt, gefiel uns, also rockten wir ab. Als Enter Sandman verschwunden war, reckte und streckte sich Natascha und meinte, sie sei müde. Ich bot ihr an, sich mit dem Kopf in meinen Schoß zu legen, als Polster sozusagen.

Tat sie auch. Während sie sanft döste, streichelte ich ihren Kopf und ihre Haare. Derweil netter Smalltalk mit Doreen. Mittendrin zwinkerte mir Doreen zu und gab mir das Zeichen, ich solle Natascha doch einfach mal auf den Mund küssen. Die schlief und bekam nichts mit – noch nicht.

Ich war etwas unsicher, doch Doreen motivierte mich und nickte mir enthusiastisch zu. Na gut, ich riskierte. Ich beugte mich sanft hinunter und traf genau Nataschas Lippen. Es dauerte genau 2 Sekunden, ehe sie mitküsste. Vielleicht hatte sie sogar darauf gewartet. Doreen grinste. Ich küsste weiter und immer leidenschaftlicher, Natascha machte mit.

Ihre Lippen waren weich und zart, ihr Mund schmeckte gut. Plötzlich zog sie mich runter zu sich und wir lagen auf dem Gras und küssten uns weiter. „Komm, lass uns ficken gehen", flüsterte sie mir geil ins Ohr. Just in diesem Moment ertönte aber auch schon die legendäre Deep Purple Hymne „Smoke on the water", aber der rauchende See war uns scheißegal.

Deep Purple ist echt gut, aber Ficken ist besser. Natascha flüsterte ihrer Freundin etwas ins Ohr, sie nickte. Dann zog mich Natascha mit und wir verließen die Wiese und die Area, um uns 10 Minuten später auf dem mit Autos und Zelten vollgestellten, doch um diese Uhrzeit menschenleeren Parkplatz wiederzufinden.

Hinein in das lila Zelt. Momentmal, Pinkeln wäre nicht schlecht. Ich entschuldigte mich kurz und entleerte meine Blase. Dann zurück ins Zelt. Und direkt in Nataschas Arme. Die Weltklasse-Knutscherin zog sich rasch ihre wenigen Klamotten aus und offenbarte mir ihre ganze Schönheit.

Ein wundervoller Frauenkörper lächelte mich an. Nataschas Brüste standen, obwohl sie lagen, sie waren mittelgroß und faltenfrei. Ihr Bauchnabel eine runde Sonne, ihr Schambereich rein und glatt wie ein frisch geputztes Fenster. So süße Schenkel.

Mein Ding Dong war längst steif und durfte nun endlich raus aus dem Haus. Während wir küssten, streichelte ich Nataschas Elitekörper, und sie meinen. Schnell war ihre Hand dort angekommen, wo es wirklich zählt.

Ihr Griff um meinen Schwanz war Hammer! Sanft und gleichzeitig energisch umfasste sie ihn und schob im Zeitlupentempo meine Vorhaut rauf und runter, bis zum Anschlag. Derweil rubbelte ich leicht an ihrer Clit herum und tauchte mit meinem Zeigefinger in ihr Zelt ein. Dort war es sehr warm.

Natascha war eine Lautstöhnerin, aber das war uns egal, schließlich waren wir so gut wie alleine in der Umgebung, da alle mit Purple rockten. Das Liebesspiel ging in die nächste Runde, als sie mein Glied in den Mund nahm. Junge, Junge, sie blies wie die Rock-Göttin persönlich! Mein Penis und ich genossen ihre oralen Liebkosungen sehr. Oral ist immer gut, also auch ich bei ihr. Ihre Pussy roch gut und schmeckte genauso.

Ich züngelte Natascha 2 Orgasmen hintereinander her, die 69er-Position ist halt schon klasse. Sie auf mir. Als ihre Pussy flutete, wurde mir heiß, denn ich merkte, dass auch ich es gleich geschafft hatte. Natascha blies perfekt weiter und schenkte mir einen heftigen Höhepunkt. Ich zuckte brutal und der Strom sämtlicher E-Gitarren schoss durch meinen Körper.

Als ich fertig war, wandte sich Natascha zu mir und schlürfte sich mein Restsperma von ihren Lippen weg. Dieses Bild ist bis heute stark in meinem Kopf verankert. Sie kuschelte sich eng an mich und wir streichelten und drückten uns fest. 20 Minuten lang. Im Hintergrund hörten wir dumpf Deep Purple spielen, bis der tosende Applaus uns verriet, dass die Setlist zu Ende war und nur noch der Zugabe-Teil anstand.

Main Act des Festivals war Status Quo, die musste ich einfach sehen, also hatten wir noch etwa 15 Minuten Zugabe plus 30 Minuten Umbau Zeit, ehe Quo die Bühne betraten und mit „Caroline" für Ekstase sorgen würden. Diese Zeit wollte ich nutzen, um meinen One Night Stand weiter auszubauen.

Das Heavy Petting war schon genial gewesen, ob Natascha auch so gut ficken kann, fragte ich mich in meiner Birne. „Du, Status Quo möchte ich schon gerne live sehen, also haben wir noch gute 30 Minuten.

11

Aha, Purple sind back on stage und spielen Zugabe, danach ist Umbau. Lass uns noch ficken, okay?" Schlug ich ihr vor. „Ja, einverstanden", lächelte Natascha und streichelte meine männliche Brust sanft hinab, bis sie ihn wieder in der Hand hatte. Viel steif zu kneten gab es nicht mehr, denn das war er schon längst aufgrund der Vorfreude. Ich küsste ihre Pussy ein wenig, bis ich als Missionar in sie eindrang. Ein Kondom hatte ich nicht dabei, sie auch nicht, aber da sie die Pille nahm, war alles gut.

Natascha war als Empfängerin äußerst aktiv und drückte mir ihr Becken gut rhythmisch entgegen. Das war geil! Nun durfte sie reiten. Sie nahm auf mir Platz und mein Penis verschwand zu 100% in ihre Möse. Ich befand mich nun 15 cm in ihrem Körper. Natascha startete langsam und sinnlich, sehr erotisch. Das wenige Licht, das wir zur Verfügung hatten, ließ es zu, dass ich ihren reitenden Körper von oben bis unten bestaunen konnte.

Dann wurde sie immer wilder. Und schneller. Und lauter. Sie sauste gut auf mich herab und befriedigte meinen Knüppel im Sack einfach unwiderstehlich. Sie zuckte und kam. Sie ritt dabei aber gnadenlos weiter, was mir sehr recht war. Dieses Babe hatte Power ohne Ende. 4 Minuten später kam sie erneut. Mein Penis schien ihren Kitzler und G-Punkt gleichermaßen strong zu treffen.

Oh mein Gott, so langsam wurde es auch für mich eng. Ich spürte die Quo-Power anrollen und bereitete mich auf meinen Moment vor. Als ich kam, ritt Natascha in Highspeed, extra für mich, um mir den Moment noch glücklicher zu gestalten.

Das gelang ihr zu 110%. Als sie von mir abstieg, lief mein Sperma regelrecht aus ihrer Fotze heraus, so viel war es. Ich staunte selbst. Und sie erst. Nachdem wir uns sauber gemacht hatten, schlenderten wir befriedigt zur Menschenmenge zurück und suchten und fanden Doreen auf der Stelle.

Doreen drückte ihre Freundin fest und ließ sich von ihr 3 Minuten lang ins Ohr berichten, wie es denn nun war. Nataschas Schilderungen müssen erste Sahne gewesen sein, denn so sah auch Doreens Gesichtsausdruck aus. Schließlich drückte mich Doreen fest und flüsterte mir in Ohr, dass ich Natascha sehr glücklich gemacht hätte. Das freue auch sie.

„Die Tascha hat mir nur Gutes über Dich erzählt, Du musst sexuell ein echter Gott sein, laut ihren Erzählungen", zwinkerte sie mir verführerisch zu. Ich zwinkerte ebenso verführerisch zurück und schwieg. So macht es der Genießer ja. Nun kamen die Boys von Status Quo! Die alten Herren rockten wie Sau, es war einfach genial. Ein Klassiker nach dem anderen, der beste Sound des Abends, oh ja, ich liebe gute, alte Rock-Musik!

Während wir alle 3 Luftgitarre spielten, merkte ich immer offensiver Doreens Augen auf mir. Sie schien interessiert zu sein. Geil! Auch sie gefiel mir optisch sehr. Das Playboy-Häschen tanzte geil und anzüglich, tanze mich mehr und mehr an. Schließlich brüllte sie mir ins Ohr, dass sie mich haben wolle. Ihr eigener Freund schien sie nicht mehr zu interessieren, zu geil war sie auf mich. Zumindest an diesem Abend. Das musste ich nutzen.

Hm, aber wie und wo sollte das Spektakel stattfinden? Ich musste noch in der Nacht nach Hause fahren. Zumindest hatte ich es so geplant. Besser die Nacht bei den Girls bleiben. Ich schickte der Andrea eine digitale Nachricht und erklärte ihr kurz, dass ich hier in einem Zelt schlafen werde, weil ich ein paar Bier getrunken habe und nicht fit für die lange Autofahrt sei. Auf ihre Frage „Hä, in welchem Zelt, und von wem?", antwortete ich „In einem 4-Mann-Zelt mit Quo-Fans, mit denen ich hier gerade gemeinsam rocke."

Ich musste Klartext mit den Mädels reden. Als Quo mit Bye Bye Johnny ihre Setlist, ihr Konzept und auch das Festival beendet hatten, nahm ich Doreen und Natascha in meinen Arm und meinte: „So, Mädels, eigentlich wollte ich jetzt nach Hause fahren, aber wenn Ihr mögt, bleibe ich bei Euch über Nacht im Zelt und fahre morgen Vormittag."

Natascha jubelte und küsste mich sofort auf den Mund. Doreen dito. Natascha schaute ihre Freundin entsetzt an: „Hey, Du hast ihn gerade da auf den Mund geküsst. Du hast doch den Tim." „Der Tim ist mir im Moment egal", grinste Doreen und entlockte ihrer Zeltgenossin ein Lächeln. Uiuiui, auf was würde das denn Schönes hinauslaufen? Gedankenkino! Hand in Hand in Hand schlenderten wir zur nächstbesten Pommes-Bude und gönnten uns Pommes mit viel Ketchup. Das tat dem Magen gut.

Dann schlenderten wir weiter zum Zelt der Girls, das ich bereits gut kannte. Ich legte mich hin und wartete. Natascha und Doreen blickten sich an und ließen sich gleichzeitig auf mich fallen. Genauer gesagt neben mich. Eine links, eine rechts.

Beide kuschelten sich eng an mich heran. Die eine von links, die andere von rechts. So lagen wir da, ganze 10 Minuten, ehe Natascha die Regeln bestimmen wollte. „Hm, wie machen wir das jetzt? Der Womanizer hier gehört mir." „Nein", fuhr ihr Doreen dazwischen, „Du hattest bereits Dein Vergnügen mit ihm, jetzt bin ich dran." „Du hast einen Freund, meine liebe Doreen, nicht vergessen. Was würde wohl Tim dazu sagen?"

„Du, der Tim ist mir im Moment scheißegal", konterte Doreen, „ich habe jetzt Lust auf den da." Und deutete dabei auf mich. Der Zicken-Krieg zwischen den beiden ging weiter. Sie konnten sich nicht einig werden, wem ich nun gehöre. Ich verhielt mich absichtlich still und hoffte auf beide.

Plötzlich griff mir Doreen an die Hose, genau dorthin, wo er bereits halbsteif lauerte. „Er gehört mir!" „Nein, mir!" Und auch Nataschas Hand lag nun auf meinem Dong. „Mir!" Nein, mir!" So ging es weiter, und beide Mädels gifteten sich schon richtig an. „Entschuldigt, Ladies", ging ich dazwischen, „darf ich auch mal was sagen? Schließlich habe ich auch noch ein Entscheidungsrecht, oder?"

Das hatte ich, ja. „Ich darf mir doch wohl selbst aussuchen, mit welcher von Euch ich jetzt Sex haben möchte." Beide versuchten auf mich einzureden, aber das unterband ich mit einem lauten „Hallo!?!". 4 fragende Augen schauten mich an. „Ich entscheide mich jetzt", kündigte ich Doreen und Natascha an. „Du darf aber nicht mit ihr, Du hast schon mit ihr", mahnte Doreen. „Hey, das mit uns war doch so geil, davon bekommst Du mehr", lockte Natascha. „Also", erhöhte ich die Spannung mit einer langen Denkpause:

„Ihr beide seid superhübsch und 2 tolle Mädels, und am liebsten – wenn ich ganz ehrlich bin – hätte ich gerne mit Euch beiden gleichzeitig Sex." „Du meinst einen Dreier?", staunte Doreen in die Runde. „Ja, das fände ich ziemlich geil!" Antwortete ich. Doreen und Natascha schauten sich unsicher an. „Hm, ich weiß nicht, mit meiner besten Freundin?"

Äußerte Natascha ihre Zweifel an dieser Nummer. „Ja, warum denn nicht? Hey, sie ist Deine beste Freundin, Ihr vertraut Euch, mit wem denn sonst, als mit der besten Freundin?" Meine Erklärung war gut durchdacht und zeigte Wirkung.

„Ja, eigentlich hat er recht", nickte Doreen und blickte Natascha bejahend an. „Na gut, aber keine Lesbenspiele", sagte sie, „wir verwöhnen zu zweit unserer Hero, okay?" „Okay", grinste Doreen und machte sich bereit. Natascha auch. Und ich erst!

Ich drehte mich nach links und küsste Natascha, ich drehte mich nach rechts und küsste Doreen. Doreen küsste ganz anders als Natascha, aber genauso gut. Sie küsste feuchter und langsamer. Mag ich auch gern. Und wieder waren beide Hände an meinem Penis, eine von links, eine von rechts. Meine Hände befanden sich unter den Shirts der beiden Ladies. Doreen hatte größere Titten als Natascha, sie fühlten sich echt und gut an.

Nun machten die beiden ernst und öffneten meine Hose. Aus dem Stall schaute er kurz darauf heraus. Ach was, er stand heraus! Beide Hände umfassten ihn gleichzeitig und streichelten ihn hoch und runter. Doreens Hand war deutlich größer als die von Natascha, ihre Finger waren länger, aber dünner. Es ist ein krasses Gefühl, 2 so unterschiedliche Hände gleichzeitig an der Kerze zu spüren.

Diese Kerze wollte entflammt werden. Mittlerweile war ich mit beiden Kitzlern beschäftigt. Den von Natascha kannte ich bereits, der von Doreen war neu für mich. Er war eingebettet in einem runden Schamhaarkreis, den ich fühlen konnte. Doreens Schamlippen fühlten sich um einiges länger an als die von Natascha. Ich erkundete jeden Millimeter. Irgendwann war es Doreen, die sie aufkniete und vor mich hin.

Sie startete einen unglaublich geilen Blowjob. Ich küsste weiter mit Natascha und rubbelte deren Pussy, während mir Doreen von vorne die Eier kraulte und meinen Helden mit ihren zauberhaften Lippen verwöhnte. Plötzlich überschritt ich den point of no fucking return und ejakulierte ohne Vorwarnung in Doreens Mund. Sie informieren konnte ich nicht mehr, schließlich war ich ja am Knutschen mit Natascha. Doreen aber blieb gelassen und nahm mein Sperma professionell auf.

Sie führte ihren Blowjob so lange exzellent fort, bis sie ein gemolkenes, zusammengesunkenes Glied im Mund hatte. Ich atmete tief durch und war glücklich.

Da beide Mädels noch nicht gekommen waren, widmete ich mich nun dem Pussy-Lecken. Ich tauschte mit Doreen den Platz und verwöhnte abwechselnd und nebeneinander die geilen Büchsen. Beide Mädels hatten die Augen geschlossen und hielten Händchen, wie süß. Während ich die eine Klitoris saugte, streichelte ich die andere. Und andersherum. Immer abwechselnd.

Bis Doreen kam. Sie kam heftig! Ich hatte ihren süßen Schamhaarbüschel im Mund und leckte einfach weiter, schon kam sie ein zweites Mal. Nun war Natascha dran, ihren Orgasmus abzustauben. Ich tauchte tief ein in ihr Paradies und fingerfick-leckte sie zu ihrerseits 3 Highlights der ersten Nachthälfte. Glücklich küsste ich Doreen, dann Natascha, dann wieder Doreen, dann wieder Natascha.

So lagen wir da, 90 oder mehr Minuten, und quatschten über das Leben. Ringsherum hörten wir Musik, einige andere Zelter hatten ihre eigenen Anlagen dabei und rockten gnadenlos weiter. Störte uns nicht, im Gegenteil. Es war ein cooles Beiwerk.

Als Status Quo´s „Whatever you want" ertönte, nahm ich die Idee auf und fragte, was die Damen sich noch wünschen. „Fick mich", hauchte Doreen mir entgegen. „Fick auch mich", hauchte Natascha nach. Ich hatte erneut kein Gummi dabei, Natascha auch nicht, Doreen schon gar nicht. Ihr Sex war am wenigsten geplant gewesen. Mit „Dann halt so" waren beide einverstanden, denn auch Doreen war pillensüchtig.

Beide knieten sich nebeneinander hin und hielten mir ihre Ärsche entgegen. Zuerst stieß ich in Natascha ein, ihre Pussy kannte ich ja bereits, und sie war genauso schön und eng wie vorhin. Nach nicht mal 2 Minuten Fick drehte sich Doreen um und wollte auch endlich mal. Na gut. Ich wollte ihr ihn einstecken, da meinte sie „Oben rein" und deutete auf ihren Anus. „Ich liebe Arschfick", erklärte sie und wartete auf mehr. So eine versaute Schlampe, dachte ich, zuhause einen Freund, und hier sich von einem Fremden ficken, auch noch arschficken lassen.

Und das ohne Gummi. So krank ist doch die Welt! Gentleman wie ich bin, erfüllte ich ihr den Wunsch und drang vorsichtig in ihren heiligen Gral ein. Der war eng und ich hatte meine liebe Mühe, ihn beim Einführen nicht abzubrechen. Gleitgel hatten wir leider keines dabei. Natascha half und lutschte schnell meinen Penis feuchter, dann glitschte er schon hinein in die Enge.

Doreen gefiel das, sie stöhnte laut und barbarisch. Normalerweise bin ich kein Arschfick-Fan, aber bei Doreen machte es richtig Spaß. Der Natascha war langweilig, also überlegte sie, was sie tun könne derweil. Anstatt mich zu küssen, küsste sie Doreen, doch die wollte nicht und drehte ihren Kopf weg. Verklemmtes Luder! So kam ich in den Genuss einer sagenhaften Kusssalve.

Nach 5 Minuten merkte ich, dass ich bald kommen werde. Natascha durfte auch noch ein wenig genießen, also steckte ich den Hammer um. Bei Natascha war es wieder die untere, die normale Luke. Ich fickte langsam, um meinen Orgasmus weiter hinauszuzögern. Doreen glotze zu und rieb sich langsam die Clit dabei.

Mein Ende sollten beide sehen, also riss ich ihn in letzter Sekunde raus und schenkte den beiden eine Gesichtsbesamung erster Klasse. Ein Bild für Götter, besser als in jedem Porno! Die Blonde und die Schwarzhaarige hingen an meinem Schwanz. Die Nacht war schön, aber kurz. Denn als ich wach wurde, wurde ich gleich geil. Die beiden nackten, neben mir liegenden Körper ließen mich einfach nicht weiterschlafen.

Zu schön waren sie, um nicht noch einmal gefickt zu werden. Ich weckte beide mit Intimküssen auf, doch Natascha schlief noch tief und fest. Doreen nutzte die Gunst der Stunde, um mich alleine für sich zu haben, und flüsterte mir ins Ohr: „Lass uns ficken. Nur Du und ich. Und ganz leise, dass sie nicht wach wird."

Damit war ich einverstanden. Erdbeer-Kaugummis versüßten unsere Mundflora, und schon ging es los. Ich leckte Doreen wacher und sie blies mich geiler. Dann ficken. Diesmal wollte sie in die Scheide gestochen werden. Die war fast genauso eng wie ihr Arschkanal. Geil! Ich tat es von oben in der Missionarsstellung.

17

Die schlafende Natascha lag nicht mal 50 cm neben uns und träumte so süß. Doreen fühlte sich umwerfend gut an. Ihre großen Möpse drückten gegen meine Brust, ihre Augen funkelten mich offen beim Liebesspiel an. Ich musste kommen. Ich kam. Dabei stöhnte ich ihr küssend in den Mund hinein. Erschöpft drehte ich mich neben sie und küsste sie zärtlich. „Das war ein fantastischer Fick", flüsterte ich ihr zu. „Ja, für mich auch, herrlich", flüsterte sie zurück.

Dann schliefen wir nochmal ein. Als die vielen Vögel draußen aktiv wurden und die Sonne ins Zelt hereinstrahlte, wurde ich zum zweiten Mal wach. Doreen und Natascha folgten. Ich schaute auf die Uhr und erklärte beiden, dass ich in 1 Stunde los muss. „Dann sollten wir uns nochmal austoben", grinste Natascha mich und Doreen an und ging schnell auf die Morgentoilette.

Was folgte, das war der krönende Abschluss von Clam Rock und dieses geilen One Night Stands mit Natascha und Doreen. Beide ritten mich nacheinander, bis ich in Natascha einen kräftigen Höhepunkt hatte. Ich dankte den beiden Girls für die geile Zeit und wünschte ihnen viel Glück für die Zukunft.

Auf meiner Rückfahrt ließ ich das Erlebte Revue passieren und freute mich schon auf das nächste Jahr „Clam Rock", und das, was hier in dem einen oder anderen Zeit mit meiner Beteiligung sexuell wieder passieren wird.

Animateur – Anush

Nach meiner Medienausbildung und bevor ich in meinem Beruf in München durchstartete, gönnte ich mir 1,5 Jahre als Animateur im Ausland. Im Bereich „Sports & Entertainment" arbeitete ich für Robinson, die Nr. 1 weltweit. Im „Cala Serena" in Spanien trieb ich mein Unwesen.

Mir war klar, dass es eine wilde Zeit werden würde, mit hoffentlich Hunderten Ficks. Meine Strichliste belegt, dass es in diesen 550 Tagen abzüglich 15 Tage Urlaub, die ich in good ol´ München verbrachte, insgesamt 114 Frauen zwischen 18 und 36 waren, mit denen ich sexuelle Handlungen austauschte.

Die Namen, ihr Alter und was wir genau gemacht haben – alles notiert. Handjob, Blowjob und Ficken waren die 3 Kategorien. Nicht mit jeder habe ich geschlafen, oft hat mir auch ein Handjob und/oder ein Blowjob gereicht, manchmal ergab sich auch nicht mehr. Aber in der Regel war Ficken das Ziel der Veranstaltung.

Nachdem ich geschnallt habe, wie das so läuft in einem Club, wurde ich schnell zum gefragtesten und bekanntesten Womanizer des Teams. Eines Tages wurde uns eine neue Kollegin vorgestellt, sie hieß Anush und war 25 Jahre schön. Die Halbrussin kam als „Tanz-Choreo" und trainierte mit uns die Abendshows ein. Anush war ein Traum von Frau: 1,72 m groß, 50 kg leicht, top trainiert und Ausstrahlung einer Queen.

Ihre Haare waren hellblond-rötlich und tagsüber immer hochgesteckt, abends trug sie diese dann offen. Ihre Augen hatten etwas sehr Sündiges an sich. Ebenso ihr Grinsen. Sie wusste, wie man Männer verrückt macht. Und das tat sie auch. Ganz bewusst. Sie verdrehte uns allen die Köpfe. Alle Jungs im Team waren rattenscharf auf sie und jeder versuchte sein Glück, doch sie erteilte allen eine Abfuhr. Ich hatte ohnehin genug am Laufen, also musste ich nicht an ihr herumbaggern.

Eines Abends spielte ich mit einigen Gästen Tischfußball, und das kann ich besonders gut. Ich bin ein wahrer Crack darin. So zockte ich regelmäßig mit Gästen um Getränke und gewann 98% aller Partien.

Hin und wieder war mal ein richtiger Profi dabei, der mich mit Glück schlug. Aber sonst gab es für keinen etwas zu gewinnen gegen mich. Anush kam dazu und schaute zu. Als schließlich ein Gast uns zu einem Doppel aufforderte, konnte sie nicht Nein sagen und gesellte sich zu mir an den Tisch. Gemeinsam schlugen wir alle Gegner, die uns vor die Füße kamen. Ich war überrascht: Anush spielte verdammt gut. Sie erzielte viele Tore und war schnell am Griff.

Als es 1:30 Uhr geworden war und sich die Gäste nach und nach ins Bett verzogen, sprach sie mich auf mein Kicker-Talent an: „Du bist echt krass gut", nickte sie mir lobenswert zu. „Du auch", lobte ich zurück. „Ich habe gehört, Du spielst mit Gästen um Getränke." „Ja", antwortete ich, „und ich gewinne so gut wie immer." „Vielleicht besiege ich Dich ja", grinste sie mich dämlich an.

„Das glaube ich nicht", revanchierte ich und meinte, sie könne es ja versuchen. Mutig nahm sie meine Open Challenge an. Sie war echt gut, verlor nur 6:10 Tore. „Nochmal", bat sie und verlor wieder, diesmal 2:10. Nochmal, diesmal war es richtig knapp, 9:10. Nach 2 weiteren Spielen entschuldigte sie sich ins Bett und ging.

Es wurde zur täglichen Routine, dass Anush abends bei mir vorbeischaute und wir zusammen im Doppel die Gäste abzogen. Danach spielten wir noch 5 bis 6 Runden gegeneinander, die ich immer gewann. Meistens schaffte Anush 5 bis 6 Tore, manchmal sogar 8 oder 9, manchmal auch nur 2 oder 3. Aber unter 2 schoss sie nie.

Mittlerweile hatte ich meinen Flirtkurs bei ihr aktiviert, doch den blockte sie immer gnadenlos ab. „Ich werde hier in meinen 6 Monaten im Club keinen Sex haben, mit niemandem, weder mit Kollegen, noch mit Gästen, das habe ich mir geschworen", sagte sie immer. Und sie hielt sich auch echt daran. Sämtliche Kollegen hatten längst aufgegeben und eingesehen, dass es sinnlos war, ihr schöne Augen und Avancen zu machen.

Ich glaubte weiter an mich und kassierte lieber jedes Mal eine Flirtniederlage bei ihr, als klein beizugeben. „Ich weiß, dass Du ein großer Womanizer bist und hier jeden zweiten Abend eine abschleppst, aber nicht mit mir!"

Gab sie mir zu verstehen. Egal, ich gab nicht auf. Eines Abends, nachdem wir wieder gnadenlos im Doppel die Gäste zerstört und gute Getränke gewonnen hatten, kündigte Anush groß ihren Sieg an: „Heute werde ich Dich endlich schlagen. Ich weiß es. Heute bist Du reif!" „Bla Bla Bla. Ich zerstöre Dich wie jeden Abend." Gab ich neckisch zurück.

„Mag sein, aber 1 Runde werde ich gewinnen, Du wirst schon sehen." „Niemals!", konterte ich. „Wetten doch?", ertönte aus ihrem Mund. „Um was willst Du wetten?", ertönte aus meinem. „Ich wette, dass ich Dich heute einmal besiege. Einmal aus 6 Spielen." „Und ich wette dagegen. Das schaffst Du nicht", war meine trotzige Antwort.

„Gut, um was wetten wir?", fragte ich sie. „Wenn ich gewinne", zeigte sie auf mich, „wirst Du endlich aufhören mit Deinen Anmachen mir gegenüber. Ich falle darauf nicht rein und ich werde nicht schwach. Ich weiß, Du gibst nicht auf und Du versucht es mit bestimmten Andeutungen und Blicken immer wieder, ich bekomme das sehr wohl mit, aber meine Antwort kennst Du: Nein! Kapiere es endlich und flirte lieber mit denen, die Ja sagen."

Ich überlegte. „Okay, versprochen", sagte ich. „Wenn Du mich heute in den 6 Spielen einmal besiegst, höre ich auf damit und sehe es ein." „Nichts für ungut", lächelte sie mich an, „das ist nichts gegen Dich. Du bist ein attraktiver Typ und unter anderen Umständen wäre es sogar denkbar für mich, aber als ich in den Club kam, habe ich mir geschworen, nicht das typische Animationsleben zu führen, sondern auf die ganzen Oberflächlichkeiten und diese Scheinwelt zu verzichten."

„Habe schon verstanden", nickte ich und bestätigte ihr meinen Wetteinsatz: „Wenn Du mich heute in den 6 Spielen einmal besiegst, lasse ich Dich dahingehend in Ruhe, okay?" „Danke", hauchte sie und fragte nach meinem Wettwunsch für sie. Der war sowas von klar für mich: „Wenn ich Dich heute 6:0 besiege, gehörst Du eine Nacht mir."

„Hahaha", lachte sie laut los und schüttelte ihre Mähne. „Du bist ja ein Komiker. Da erkläre ich Dir gerade ausführlich, dass das nicht drin ist, und der Kerl gibt einfach nicht auf. Das ist schon ziemlich frech. Echt unglaublich."

„Ich soll also Deinen Wettwunsch akzeptieren, und Du meinen nicht?", fragte ich genervt zurück. „Denk Dir was anderes aus, aber diesen Einsatz mache ich nicht mit."

Ich überlegte. Ich kannte ihren Ehrgeiz und mir fiel ein schändliches Angebot ein: „Pass auf, ich besiege Dich 6:0 Spiele mit nur einer Hand." Und wieder lachte sie laut los und konnte sich kaum mehr bremsen. „Du hast sie ja nicht alle! Mit einer Spielhand willst Du 6 Spiele gegen mich gewinnen? Unmöglich! Wenn Du mit nur einer Spielhand zockst, gewinne ich alle 6 Spiele."

„Ich bleibe dabei", schoss es selbstsicher aus mir heraus, „ich besiegte Dich 6:0 Spiele mit nur einer Hand. Solltest Du auch nur 1 Spiel für Dich entscheiden, hast Du unsere Wette gewonnen und ich flirte Dich nicht mehr an, nie wieder, versprochen." „Gut, so soll es sein", nickte sie, „ich hätte nicht gedacht, dass es nun doch so einfach ist, Dich mundtot zu kriegen."

„Aber sollte ich mit einer Hand tatsächlich 6:0 Spiele gegen Dich gewinnen, dann gehörst Du für eine Nacht mir." Nach 10 Sekunden Schock über meine Dreistigkeit kicherte sie erneut los, dann wurde sie ernst und schaute mich fast aggressiv an. „Du bist echt unverschämt. Was glaubst Du, wer ich bin? Eine Nutte?"

„Nein", lächelte ich freundlich, „natürlich nicht, aber eine Sportlerin mit viel Ehrgeiz und großem Können. Und als Sportsmann, naja, Sportfrau solltest Du auch fair eine Wette annehmen, wenn Du so überzeugt von Deinen Fähigkeiten bist, die Du ja auch nachweisbar hast.

Du sagtest selbst, mein Sieg sei unter diesen Umständen unmöglich. Also, dann hast Du doch nichts zu verlieren." Anush kam ins Nachdenken. Sie schüttelte den Kopf. „Nein, mach ich nicht." „Pass auf", ging ich ins Volle, „ich spiele auch mit meiner schwächeren, der linken Hand."

Da horchte sie auf. „Du mit Deiner linken Hand gegen meine beiden?" „Ja", antwortete ich, „und ich wette, dass ich Dich mit dieser, meiner schwächeren linken Hand 6:0 Spiele nacheinander besiege. Solltest Du mit beiden Händen auch nur 1 Spiel für Dich entscheiden, hast Du unsere Wette gewonnen.

Und ich flirte Dich nicht mehr an, nie wieder, versprochen! Sollte ich Dich aber tatsächlich mit meiner schwächeren linken Hand 6:0 Spiele nacheinander besiegen, dann gehörst Du eine Nacht mir."

„Deal", schlug sie ein. „Da ich die Wette jetzt schon gewonnen habe, kann sie ruhig gelten. Es ist unmöglich, dass Du mich mit Deiner schwächeren Hand allein auch nur 1 Runde besiegen kannst, wenn ich normal spiele. Geschweige denn alle 6 Runden. Niemals! Eher geht die Welt unter."

„Gut, dann haben wir einen Deal. Los geht´s!", eröffnete ich das Spiel. Ich hatte noch nie nur mit einer Hand, geschweige denn nur mit meiner schwächeren gespielt, warum auch, aber da musste ich jetzt durch. Ich hatte Probleme und lag schnell 0:3 hinten. Anush triumphierte und genoss die Führung gegen mich. Sie spiele gut, konzentriert und sicher. Trotzdem fand ich rasch ins Spiel und verkürzte zum 2:3.

Anush gab Gas und knallte mir 3 Fernschüsse rein. 2:6. So schnell konnte ich gar nicht umgreifen, mein Torwart war verwahrlost und allein. Ich konzentrierte mich noch mehr und erzielte schöne Tore aus der Mittelreihe. Kurz darauf stand es 6:6. Anush ärgerte sich und meine immer wieder „Das kann doch gar nicht sein".

Ich ging sogar in Führung, 8:6. Sie verkürzte und glich auf 8:8 aus. Mit Glück gelang mir ein kurioses Kick-Tor und dann der Siegtreffer. 10:8. Ich hatte mit meiner schwächeren linken Hand die bärenstarke, beidhändig spielende Anush am Kicker-Tisch besiegt. „Na gut, der erste Satz geht an Dich, hast Dich echt gut reingekämpft, das muss ich Dir lassen, aber jetzt bist Du dran", griff sie an.

Und wieder ging sie in Führung. 0:2 aus meiner Sicht. Ich konterte mit unhaltbaren Schüssen des Sturms und ging 5:2 in Front. Diesmal war ich megastark und holte mir jeden Einwurf sofort. Wenige Minuten später war auch der zweite Satz Geschichte und ich gewann beeindruckende 10:4 Tore. Ich grinste. „Na, jetzt schaust Du aber doof." „Ich zeige Dir gleich, wie schön Verlieren ist", fauchte sie und startete Satz 3. Ich ging in Führung mit 3:0, doch sie holte auf und überholte mich auf 3:6. Dann sogar 3:7. Jetzt wurde es eng.

Ich zeige ihr einen neuen Trick und schoss so 3 Tore am Stück. „Du Drecksack, wie machst Du das?!", fluchte sie und versuchte, schneller als ich zu sein. Ich glich auf 7:7 aus und ging in Führung. 8:7. Dann 9:7. Ihr Billardtor kam zu spät, denn der nächste von mir war drin. 10:8 hatte ich es ihr erneut gezeigt.

Ich war so stolz auf mich und jubelte nicht nur innerlich. „Bald gehörst Du mir", starrte ich sie an und steckte meinen Zeigefinger in den Kreis der anderen Hand. Das Fick-Symbol halt. „Quatsch mit Soße, niemals!", kreischte sie. „Ich fege Dich jetzt von der Platte. Ich habe Dein einhändiges Spiel genau studiert und werde Deine Schwächen jetzt eiskalt bestrafen."

Sie versuchte es, aber schaffte es nicht. Der vierte Satz war zwar ausgeglichen, aber im entscheidenden Moment legte ich einen Zahn zu und versenkte die wichtigen Schüsse allesamt in ihrem Tor. „Verdammte Scheiße, das gibt's doch nicht!", zürnte sie den Apparat an und trat ihn. „Hey, der kann doch nichts dafür", raunzte ich sie an.

„Ich muss meine Aggressionen rauslassen, daher lieber ihn, als Dich treten", antwortete sie. Recht hatte sie. Bevor Satz 5 startete, provozierte ich sie ein wenig: „So, nur noch 2 Runden, dann ist es vorbei. Da Du mir ja dann gehörst und ich die Nacht mit Dir gewonnen habe, darf ich entscheiden, was wir alles so treiben", grinste ich sie an. „Ich verspreche Dir: Ich werde voll und ganz auf meine Kosten kommen, und Du wirst es ebenfalls."

„Dir treibe ich Deine perversen Sex-Fantasien mit mir schon noch aus, mein Freundchen", drohte sie und warf zu Runde 5 ein. Ihr Gedankenkino war groß und mächtig, denn in diesem Satz bekam sie nicht viel gebacken. Sie gab sich zwar große Mühe, doch machte für sie untypische Leichtsinnsfehler und litt unter unkontrollierten Ballverlusten. Zu nervös war sie geworden. Gut für mich.

Ich spielte souverän meinen besten einhändigen Tischfußball und vernichtete sie 10:2. Arme Anush. Das war hart. Genauso hart wie der Dong in meiner Hose mittlerweile. Anush war verzweifelt: „0:5, das kann doch nicht wahr sein. Wieso kann ich diesen Penner nicht besiegen?

Nicht mal, wenn der den einarmigen Banditen mimt. Mit welcher schwarzen Magie hast Du mich belegt?" „Mit der Gier, Dich endlich zu haben", drückte ich mich charmant aus, „nach all den Wochen der Abfuhr und des Abblitzen-Lassens, das habe ich mir wahrlich verdient, dafür gebe ich alles und noch mehr."

„Mich wirst Du nie gewinnen, denn jetzt gewinne ich und zerstöre Deine Träume", hob sie ihre Faust und atmete tief durch. „Jetzt geht es ums Ganze! Mir viel Glück und Dir viel Pech." Wie unsportlich ist denn das, bitteschön! Aber egal. Dann bestrafe ich sie halt mit einem weiteren Sieg.

Doch dieser rückte in weite Ferne, denn Anush spielte jetzt ihr bestes Kicker. Schnell stand es 0:2 und dann sogar 0:4 an meiner Sicht. Sie erhöhte auf 0:5 und dann 0:6. Sie war auf der Gewinnerstraße und triumphierte schon. Ich musste mein Spiel ändern und überraschte sie mit neuen Spielzügen und Torschüssen mit Toren aus Winkeln, die eigentlich gar nicht möglich sind.

Sie staunte. Schon stand es 4:6. Doch sie war am Zug und schoss 2 weitere Tore. 4:8. Komm schon, Junge, jetzt alle geben! Ein Glückstor half mir zurück ins Spiel. Und noch so ein kurioses Ding, diesmal ihr Fehler. 6:8. Dann ein Hammertor von Anush, 6:9. 3 Satzbälle und somit Matchbälle für unsere Wette.

Ich musste mich wehren. Mit Können wehrte ich ihren Torschuss ab und setze gleich mit meiner Abwehrreiche einen Torschuss nach, der tatsächlich böse einschlug bei ihr im Kasten. 7:9 nur noch. Das 8:9 fiel blitzschnell, direkt mit der ersten Ballberührung überraschte ich sie. Anushs Hände zitterten ein wenig, das konnte ich gut sehen. Sie war aufgeregt. Ich erregt.

Als es schnell und wild hin und her ging, verblüffte ich sie mit einem langsamen Kullertor-Trickschuss von links außen. Damit hatte sie nicht gerechnet. 9:9. Was nun? „2 Tore Vorsprung oder das nächste Tor zählt?", fragte ist sie. „Das nächste zählt", antwortete sie fix und warf ebenso fix ein. Noch fixer knallte ich ihr den Ball rein. Tor! Gewonnen! „Was ist los?", stellte sie mich zur Rede, „wir hatten 2 Tore Vorsprung ausgemacht, Du hast noch nicht gewonnen." Ich schluckte und korrigierte sie, doch sie ließ nicht mit sich reden.

„Da musst Du Dich verhört haben, ich sagte 2 Tore Vorsprung." Okay, dann bestrafe ich das Luder halt dafür doppelt so hart, dachte ich mir.

Der letzte Ball war ein wilder, und plötzlich lag er in ihrem Gehäuse. Anush konnte es kaum glauben und suchte nach einer Ausrede, doch sie fand keine. Ich blieb still und fixierte sie. Wie würde sie reagieren? Was würde sie sagen? Sie rang nach Fassung und schluckte tief. Dann schaute sie mich an. Genau in die Augen.

Sie streckte mir ihre rechte Hand entgegen, nahm meine, schüttelte diese und gratulierte mir: „Glückwunsch, Du hast gewonnen." Mehr brachte sie nicht heraus. Ich blieb Gentleman und ruhig. Ich hätte meinen unfassbaren Sieg auch laut herausschreien können, aber das wäre unsportlich gewesen.

Was nun? Würde sie ihr Wort halten, ihre Wette einlösen und die Nacht mir gehören? Trotz ihres selbst auferlegten halbjährigen Fick-Verbotes? Ich war gespannt. Die Bar war fast leer, sie bestellte sich bei Barkeeper Jeff einen Sex on the Beach und schlürfte ihn seelenruhig in Zeitlupe neben mir aus.

„Komm", sagte sie und lief los. Ich ihr hinterher. Sie führte mich in ihr Zimmer, A221. Ich wohnte in A113, alle Animationsbuden waren gleich. Ich hatte zum Glück ein Zimmer für mich allein, Anush auch. Viele Kolleginnen und Kollegen mussten sich eines teilen. Ihr Zimmer war schön aufgeräumt und sauber. Dann drehte sie sich plötzlich zu mir um: „Ich weiß nicht, wie Du das geschafft hast, mich einhändig sechsmal am Stück zu besiegen, es ist einfach unfassbar, aber Wettschulden sind Ehrenschulden. Du hast gewonnen, ich gehöre die Nacht Dir. Aber nur diese eine Nacht."

Ich nickte und setzte mich brav aufs Bett. Ich hatte mächtig Respekt vor ihr und Angst, nun etwas falsch zu machen. Überrollen wollte ich sie nicht, schließlich wusste ich ihr „Opfer" zu schätzen. Sie hatte es ja Hunderte Male erwähnt, dass sie nicht so eine sei und mit niemandem hier ins Bett gehe.

Nun ja, das änderte sie nun gleich. Langsam und immer noch kopfschüttelnd zog sich Anush ihre Schuhe aus und schmiss sie ins Eck. Dann stiefelte sie ins Bad und knallte die Tür. Dann hörte ich sie erst mal fluchen:

„Verdammte Scheiße! Aaaah! Warum nur? Wie konnte das nur passieren? Wie konnte ich mich auf diese Scheiß-Wette einlassen? So ein Dreck jetzt!"

Dann ertönte die Dusche und ich hörte weiter nicht jugendfreie Sprache. Ich war traurig, denn Sex soll ja Spaß machen, und normalerweise reißen sich die Mädels und Frauen darum, mit mir eine Nacht zu verbringen. Das Verhalten von Anush gefiel mir gar nicht und törnte mich ab. Ich überlegte: Soll ich bleiben und sie ficken, während sie mich unglücklich, genervt, gelangweilt oder wütend an- oder wegschaut, vielleicht noch beschimpft dabei, oder soll ich lieber die Fliege machen?

Ich entschied mich für das Insekt. Neben ihrem Bett sah ich einen Notizblock plus Stift, ich griff zu und schrieb: „Liebe Anush, Deine Flucherei zeigt mir, dass es wohl besser ist zu gehen. Schade, ich hatte mich sehr auf die Nacht mit Dir und meinen Wettgewinn gefreut. Aber wenn Du absolut keine Lust auf mich hast, macht es keinem von uns Spaß. Danke trotzdem für den schönen Abend und das spannende Spiel. Schlaf gut."

Diesen Zettel legte ich ihr aufs Bett und verschwand still, leise, heimlich und traurig. Als ich in meinem Zimmer ankam, klingelte das Telefon mehrfach Sturm, doch ich hob bewusst nicht ab. Es konnte nur Anush gewesen sein, aber das war mir egal. Ich duschte und legte mich schlafen. Irgendwann nach 20 Minuten Gebimmel war endlich Ruhe und ich schlief ein.

Am nächsten Morgen sah ich Anush beim Teammeeting wieder. Sie fixierte mich die ganze Zeit, während wir mit unserem Teamleiter die Tageseinsätze besprachen. Ihr Blick durchdrang mich. Er war nicht bösartig oder aggressiv, aber auch nicht freundlich oder herzlich, ich konnte ihn nicht einordnen. Als Anush zu Wort kam und sie ihren Probenplan verkündete, fiel mein Name.

Ich war geladen für eine Extra-Tanzsession für Mamma Mia um 13:30 Uhr. Als das Meeting zu Ende war, verduftete ich schnell an die Haupt-Bar. Dort fand ich mit Markus und Anita, einem sehr lieben Gästepaar, ein nettes Gespräch. Anush war mir gefolgt, doch konnte nicht stören, da ich mitten im Dreier war. Gäste haben nun mal Vorrang. Und schon war es 10 Uhr und mein erster Programmpunkt stand an: Boccia. Bis 11 Uhr.

Dann Volleyball bis 12:30 Uhr. Mein Mittagessen schmeckte, doch langsam wurde mir mulmig, was Anush von mir wollte. Als es kurz vor knapp war, schleppte ich mich ins Theater, wo Anush bereits mit ihren Händen in den Hüften auf mich wartete. Wie erwartet war außer uns niemand da, nur wir beide. „Warum bist Du gestern einfach abgehauen?", schoss sie mich an. „Habe ich Dir doch geschrieben", konterte ich.

„Weil Du die ganze Zeit höllisch geflucht und mir damit klar vermittelt hast, dass Du Dich absolut opferst, die Nacht mit mir verbringen zu müssen." „Na und?", zuckte sie. „Ich darf fluchen so viel ich will, da musst Du doch nicht gleich Deinen Schwanz einziehen und die Fliege machen."

„Das hat doch mit Schwanz einziehen überhaupt nichts zu tun", korrigierte ich sie. „Weißt Du, wenn ich Sex mit Frauen habe, dann freuen die sich darauf. Die freuen sich, Sex mit mir zu haben und die Nacht mit mir verbringen zu dürfen. Ich habe allein hier als Animateur schon Dutzende Frauen gehabt, geschweige denn von den Hunderten davor, und alle haben sich ganz anders verhalten als Du, als es ins Zimmer ging."

„Das ist doch etwas ganz anderes", zwinkerte Anush, „die sind freiwillig mitgekommen, ich allerdings habe eine Wette gegen Dich verloren und musste meine Wettschulden einlösen." „Die kann man auch auf ehrenvolle Art und Weise einlösen, aber nicht so gemein, herabsetzend und stinkstiefelig, wie Du es getan hast gestern Nacht. Das hat mich echt sehr verletzt. Weißt Du, eine Frau hat es immer gut bei mir. Sie soll denselben Spaß mit mir im Bett haben wie ich mit ihr.

Aber Deine Flucherei gestern hat mich nicht nur abgetörnt, sondern auch sehr traurig gemacht. Es verlangt ja keiner, dass Du Dich in mich verliebst oder mich wie den Mann Deiner Träume dabei anstrahlst, aber ich hatte schon gedacht, dass Du das Beste daraus machen möchtest." „Tja, dumm gelaufen", schüttelte Anush den Kopf. „Und wie geht's jetzt weiter?"

„Lass uns tanzen. Du hast mich zum Tanzen einbestellt, nicht zum Reden. Zeige mir, was Du mir beibringen wolltest. Ich bin bereit." „Damit ist unsere Sache aber nicht geklärt", schoss sie dazwischen. „Für mich schon, Anush. Ich verzichte unter diesen Umständen auf Deinen Wetteinsatz.

Du musst nichts tun, was Du nicht magst. Alles gut. Lass uns bitte jetzt tanzen." „Gut, wie Du willst", antwortete sie schnippisch und nahm mich hart ran. Ich bin ein sehr guter Tänzer, doch musste mich einiger Kritik stellen in dieser Probe. Sie demonstrierte ihre Macht und forderte mich immer wieder zu sinnlosen Wiederholungen auf, obwohl ich die Schrittabfolge längst intus hatte und sauber wiedergab. Ich ließ mir meinen Ärger darüber nicht anmerken und blieb professionell.

Hatte ich echt aufgegeben? So leicht mich abwimmeln lassen von Anush? Auf einen Frei-Fick verzichtet? Nun ja, ich bin ein Frauenkenner und weiß, dass bei Damen wie Anush diese subtile Tour effektiver ist, als wenn ich auf den Fick bestanden hätte. Spannung aufbauen und abwarten, was passiert, das ist der Reiz und Weg, der Frauen wie Anush lockt, wahnsinnig zu werden.

Um 19:30 Uhr sah ich Anush wieder beim Abendessen, wir saßen 3 Tische voneinander entfernt und ihre Augen waren die ganze Zeit auf mich gerichtet. Ihr Blick durchdrang mich wieder. Er war weder bösartig oder aggressiv, noch freundlich oder herzlich, ich konnte ihn und sie nicht einordnen. Runter das Ding und ab ins Theater. Dort zog ich mich für Mamma Mia um und musste mich erneut der Blickbeobachtung von Anush stellen. Egal, jetzt Konzentration aufs Tanzen.

Ich tanzte top wie immer und die ganze Show erntete großen Applaus. Ich zog mich um und begab mich wie immer auf den Weg zum Tischfußball-Tisch, wo die Gäste schon auf mich warteten und ihre Niederlagen der letzten Tage gegen einen Sieg eintauschen wollten. Doch wie immer war ich zu stark und gewann. Auch wie jeden Abend kam Anush dazu. Sie traute sich tatsächlich her zu mir, ein mutiges Weib. Ich spielte allein weiter und ließ sie stehen.

Bis ein Gast sagte: „So, jetzt Doppel. Robins gegen Gäste." Gut, da musste ich sie ranlassen. Anush betrat den Tisch und stieg mir erstmal bewusst „unabsichtlich" auf meinen rechten Fuß. Das tat weh! Das war pure Absicht gewesen. Ich zuckte und brummte ein „Ah!" heraus. Die Gäste fragten mich, was los sei. Anush schaute mich vorwurfsvoll an. „Ich habe mich gestoßen", verharmloste ich die Attacke.

Und versuchte, meinen Schmerz zu beherrschen. Blödes Ding, was soll das, dachte ich. Egal. Jetzt wird gespielt. Wie jeden Abend blieben Anush und ich im Team ungeschlagen und zockten alle Gäste-Duos vom Tisch, bis es 0:30 Uhr war.

Als wir alleine waren, schaute ich demonstrativ auf die Uhr und drehte mich um, um zu gehen. „Hey, was ist los?", rief mich Anush an. „Ich bin müde, ich gehe schlafen", brummte ich. „Was soll der Scheiß? Was ist mit unseren 6 Runden?" „Danke, heute nicht, keine Lust", brummte ich deutlich und ließ sie stehen.

Ich verschwand in mein Zimmer und grinste mir einen, da ich wusste, wie sehr ich sie damit gereizt hatte. Und schon klopfte es an meine Tür, zuerst normal, dann immer lauter. Ich ignorierte und ließ die Dusche laufen. 10 Minuten lang. Als ich sie abdrehte, klopfte es weiter. Ich wieder Dusche an und diesmal zur Sicherheit gleich 20 Minuten lang. Gleichzeitig lag ich auf dem Bett und schaute leise TV.

Als ich das Wasser sparte, war auch kein Klopfen mehr da. Gut. Geschafft. Jetzt schlafen. Am nächsten Tag rempelte mich Anush auf dem Weg zum Teammeeting fast über den Haufen. Absichtlich „unabsichtlich" natürlich. Ihr nicht vorhandenes „Sorry" war eine klare Botschaft. Im Meeting saß sie mir genau gegenüber, sie sah verweint und schlaflos aus. Mitgenommen und gedemütigt.

Jetzt hatte ich sie, wo ich sie haben wollte. Sie schien gebrochen. Mal sehen, ob meine Intuition stimmte. Der Probenplan sah mich erneut für ein Extra-Tanztraining vor. Diesmal für Dirty Dancing. Mann, ich tanze sonst doch schon alle Shows, warum auch noch die? Ich ging Anush gut aus dem Weg, bis es 13:30 Uhr war und ich im Theater eintraf. Wütend rannte sie auf mich zu und schubste mich.

„Du bist echt ein Penner, noch nie hat mich ein Kerl so behandelt!", keifte sie mich an. „Wie habe ich Dich denn behandelt?", keifte ich zurück. „Abserviert hast Du mich, stehen gelassen, ignoriert, gibst mir das Gefühl, ich sei Dir keinen Fick wert, ich sei Dir nicht gut genug, nicht hübsch genug, nicht geil genug! Das tut weh! Normalerweise reißen sich die Männer um mich, die hecheln mit hängender Zunge hinter mir her.

Du hast einen Frei-Fick bei mir gehabt und den einfach sausen lassen! Und machst keinerlei Anzeichen, den einlösen zu wollen oder Dir abzuholen. Nicht mal bestehen tust Du darauf, was Dein gutes Recht ist. Du behandelst mich wie eine Aussätzige!"

„Moment mal", griff ich ein, „Du verdrehst die Tatsachen aber enorm, meine liebe Anush. Eine Frechheit sowas! Ich habe Dich für eine Nacht gewonnen, fair am Kicker-Tisch, mit einer aussichtslosen Gewinnchance. Das hast Du selbst zugegeben. Ich habe Dich einhändig 6 Runden hintereinander besiegt.

Und Du – anstatt mir diese schöne, fair erspielte und gewonnene Nacht zu geben – behandelst mich wie den letzten Dreck und fluchst die ganze Zeit wütend vor Dir hin, so, dass ich alles hören kann, wie Scheiße das sei und wie wenig Bock Du auf mich hast. Findest Du das fair? Das hat überhaupt nichts mit Spirit und Sportgeist zu tun."

Anush war sehr erregt und hatte einen hochroten Kopf, und schon fuhr sie fort mit ihren Beleidigungen: „Was glaubst Du eigentlich, wer Du bist?! Amor persönlich, dem jede Frau verfällt?" „Tut mir leid, Anush, ich wollte Dich nicht kränken oder verletzen", lenkte ich ein, „ich finde mein Verhalten sehr fair, ehrlich gesagt. Ich hätte auch auf den Sex bestehen können, aber es macht mir keinen Spaß, wenn Du Dich so verhältst mir gegenüber.

Weißt Du, ich finde Dich echt zuckersüß, und ich spiele seit Wochen, seitdem ich Dich kenne, mit dem Gedanken, wie es ist, Dir nahe zu sein, Dich zu küssen und Sex mit Dir zu haben. Ich genoss jeden Abend, wenn wir gemeinsam kickerten, Deine Nähe und Anwesenheit. Ich weiß, dass alle Typen hier auf Dich stehen und dass Du dem Sex hier abgeschworen hast.

Umso mehr freute ich mich, als Du die Wette mit mir eingegangen bist, was mir signalisierte, dass Du zumindest die Option, Sex mit mir zu haben, gezogen hast. Eine Wette kann nur 2 Ausgänge haben: Entweder man gewinnt, oder man verliert. Du musstest beide Varianten ins Kalkül gezogen haben, bevor Du einschlugst. Was glaubst Du, wie glücklich ich war, als ich Dich tatsächlich einhändig sechsmal am Stück besiegen konnte und wusste, mein Wunsch, mit Dir eine Nacht zu verbringen, geht nun endlich in Erfüllung.

Umso größer war dann die Enttäuschung, als Du mich so gemein und unfair behandelt hast. Was glaubst Du, wie ich mich gefühlt habe? Ich ging davon aus, dass Du fair zu Deinem Wort stehst und mir eine tolle Nacht mit Dir schenkst. Dann Dein echt seltsames Verhalten. Würdest Du gerne Sex mit einem Kerl haben, der vor sich herumflucht und Dir deutlich zu verstehen gibt, dass er das eigentlich gar nicht möchte? Würdest Du?"

Anush war ruhig geworden und still. Ich machte weiter: „Weißt Du, ich kann hier jede Frau, jedes Mädchen haben im Club. Das habe ich bisher so getan und werde es auch weiter so tun. Mir Dir war es etwas Besonderes. Da hat sich enorm Spannung aufgebaut, und ich hatte mich so auf die Nacht mit Dir gefreut. Ich mag Dich echt gern, Anush.

Ich möchte Dich nicht bestrafen mit meinem etwas ablehnenden Verhalten momentan oder mich bei Dir rächen, ich ziehe mich aus Selbstschutz zurück. Deine Verletzung hat gesessen, und darüber muss ich erst hinwegkommen. So, mehr möchte ich dazu nicht mehr sagen. Für mich ist das Thema beendet. Vergiss einfach unsere Wette, ich verzichte auf die Einlösung Deines Wetteinsatzes.

Dieser macht nur dann Sinn, wenn Du mir eine schöne Nacht schenkst und Dich auf mich richtig einlässt, aber mit der Ablehnung, die Du signalisiert hast, würde ich mich nur ärgern, und ich möchte Dich auch nicht zu etwas drängen, was Du gar nicht willst. Dazu bin ich viel zu sehr Gentleman.

Lass uns das Thema bitte ein für alle Mal beenden, Du bist mir nichts schuldig, Anush. Lass uns jetzt tanzen. Was erwartest Du heute von mir für Dirty Dancing?"

Anush war sichtlich bewegt von meiner Ansprache und schluckte. Ihr schien ihr Verhalten sehr Leid zu tun, das spürte ich. Ihre Körpersprache war verzweifelt, ihr Blick traurig und reumütig, doch mutig genug, das mir ins Gesicht zu sagen, war sie nicht. Noch nicht.

Der Tanz, den ich lernen sollte, war ein sehr erotischer. Anush spielte mir ein Video davon vor, dann versuchten wir die ersten Schritte. Dabei drückte sie sich sehr nah an mich heran und war auch mit ihrem Gesicht nah an meinem. Ich konnte ihren Atem spüren, ihre Augen blickten ständig tief in meine.

Da wusste ich, ich habe sie! Geknackt, wie eine reife Melone. Die Zeit verging im Flug und ich musste los zu meinem nächsten Programm. Da wir nicht alles geschafft hatten, weil die erste halbe Stunde ja unser Streitgespräch stattfand, legte sie noch eine Nachtprobe mit mir um 23 Uhr fest. Ich erschien pünktlich und war gespannt, was passieren würde. Anush war extrem nett und lieb zu mir und wir setzen die Probe des Mittags fort.

Wieder drückte sie sich ganz eng und sinnlich an mich und signalisierte mir ihre Lust und Bereitschaft auf mehr. Als wir einen Tanzschritt beendet hatten und uns zueinander eindrehten, traute sie sich endlich: „Du, ich möchte mich in aller Deutlichkeit bei Dir entschuldigen. Ich wollte Dich nicht verletzen. Ich mag Dich auch sehr und es tut mir leid, dass ich mich an besagtem Abend so doof verhalten habe."

„Alles gut, Anush", ging ich ihr ins Wort, „Du brauchst Dich nicht zu entschuldigen, es ist alles gesagt, Thema beendet." „Nein, für mich nicht", antwortete sie. „Weißt Du, als ich die Wette mit Dir eingegangen bin, war ich mir des Risikos bewusst, und habe die Wette trotzdem angenommen. Ich hielt es zwar für ausgeschlossen, dass Du 6:0 gewinnst unter diesen Umständen, aber möglich war es.

Es hat mich einfach überrumpelt, dass Du es geschafft hast, ich hätte das nie gedacht, zumal ich mehrere Male ja fast am Gewinnen war. Und meinen eigenen Schwur zu brechen, das fällt mir nicht leicht. Das ist mein eigentliches Problem. Ich halte mich nämlich immer an meine Regeln.

Und die muss ich jetzt brechen für Dich. Das fällt mir schwer. Es ist mein Problem, nicht Deines. Ich habe halt leider meinen Zorn an Dir ausgelassen, weil ich mit mir selbst nicht klarkam. Das tut mir leid, dafür möchte ich mich bei Dir entschuldigen."

„Ist angekommen", dankte ich ihr und nahm sie in den Arm. „Alles wieder gut?", fragte sie mich. „Ja", antwortete ich. „Schluss für heute, lass uns kickern", schlug sie vor, „die Gäste warten sicher schon." In der Tat kickerten die schon wie blöd und hießen uns Champions herzlich willkommen am Meistertisch. Im Doppel zerstörten wir wie immer alle Herausforderer, bis es 0:45 Uhr war.

33

„Duell?", fragte mich Anush. „Gut, gerne", grinste ich. Nach meinem obligatorischen 6:0-Satz-Sieg drückte ich ihr ein Bussi auf die Wange und sagte „Gute Nacht, Anush". „Als ich gehen wollte, hielt sie mich am Arm fest: „Wenn Du magst, kannst Du Dir jetzt Deinen Wettgewinn holen." „Welchen Wettgewinn?", stellte ich mich dumm. „Wir haben doch heute um nichts gespielt."

„Den Wettgewinn, der Dir noch zusteht", lächelte mich Anush verführerisch an. „Danke, sehr lieb von Dir, aber ich möchte nicht, dass Du etwas tust, was Du nicht möchtest und es hinterher bereust." „Wer sagt denn, dass ich es nicht möchte? Wie gesagt: Mein Verhalten hatte mit mir zu tun. Ich stehe dazu: Das halbe Jahr, wo ich hier sein werde, werde ich keinen Sex mit irgendeinem Typen haben. Eine Frau kann auch selbst Hand anlegen. Du wirst meine Ausnahme sein."

„Danke, echt lieb von Dir, aber ich möchte nicht, dass Du es tust, nur um Deine Wettschulden einzulösen. Wie gesagt, die existieren nicht mehr." „Ich tue es, weil ich es möchte!" Dieser Satz überzeugte mich. „Vertraue mir, ich werde Dir eine wunderschöne Nacht schenken. Wir beide werden heute Nacht zusammen genießen."

„Na gut", nickte ich und ließ mich zum zweiten Mal in ihr Zimmer abschleppen. Im Zimmer angekommen, verschwand sie im Badezimmer, um sich frisch zu machen. Ich setzte mich derweil aufs Bett und wartete. Gott sei Dank hatte ich am Folgetag frei, konnte also ausschlafen.

Anush hatte – wie ich kurz darauf von ihr erfuhr – auch frei, was sie wohl extra so eingerichtet hatte, da normalerweise der Freitag ihr freier Tag war. Sie hatte es also geplant. Luder! Als sie in BH und String aus dem Bad kam, stockte mir der Atem. Zum ersten Mal sah ich mehr von ihr als bisher.

Anush zeigte sich sonst auch sehr sexy, ich sah sie ja oft in der Show-Umkleide beim Umziehen. Sie hatte ihre Haare zum Schwanz zusammengebunden und kniete vor mich aufs Bett. Dann zog sie sich ihren Möpsen-Halter aus und hielt mir ihre bilderbuchschönen Titten vor die Nase. Dann küsste sie mich. Wunderschön. In meiner Hose war längst ein Steifer. Doch der musste warten.

Ich hatte auch geschwitzt den Abend und wollte mich ebenso frisch duschen, also unterbrach ich den Kuss für 5 Minuten Badezimmer. Zurück kam ich mit nassen Haaren und einem Handtuch bekleidet, dass Anush spielerisch von mir wegriss und mich aufs Bett schubste.

Die Tigerin war jetzt soweit, ihre Wettschulden einzulösen. Sie gehörte mir, eine ganze Nacht lang. Und statt Fluchereien und Beschimpfungen gab es diesmal Zärtlichkeiten und Liebe. Sie küsste mich wild auf die Lippen und wanderte tiefer, bis sie endlich nach 5 Minuten meinen Penis im Mund hatte.

Blowjobs hatte ich zu diesem Zeitpunkt meines Lebens schon von über 500 Frauen bekommen, aber was Anush da mit mir anstellte, ließ mich neue Dimensionen der Lebenslust erschließen. Im String kniete sie vor mir und befriedigte meine Lanze plus Bälle nach allen Regeln der Kunst. Ihr Mund war so warm und feucht, ihre Lippen so rot, ihre Hände so süß, zärtlich und gleichzeitig griffstark.

Nach schon knapp 5 Minuten spürte ich das Erdbeben kommen. „Warte, sonst komme ich", warnte ich sie, doch die Anush wollte genau das. Genial blies sie weiter, bis ich ihr Ladung für Ladung einschoss. Ich sah Vögel an der Decke, ich war schon am halluzinieren, so heftig war das, was gerade mit meinem Körper geschah. Anush lutschte so lange weiter, bis er erschöpft zusammensank und nur noch gekrault werden wollte. Das tat sie dann auch.

Ich atmete tief durch und küsste Anush zum Dank. „Das war wunderschön, noch schöner als in meinen kühnsten Träumen." Sie lächelte und freute sich. Während sie auf meiner starken Brust kuschelte, streichelte ich ihren Rücken und Po, der formschön und absolut trainiert war. Typisch Tänzerin halt.

Von hinten rutschten meine Finger immer weiter Richtung Spalt und Schamlippen heran, bis ich sie endlich berührte. Anush stöhnte auf und schloss ihre Augen. Ich befreite mich aus der Umklammerung und küsste sie nun ebenso den Oberkörper hinab, so wie sie es bei mir getan hatte. Ihre Brüste waren ein Traum und ihre Brustwarzen härter als Metall. Nun kam ich zu dem kleinen Stofffetzen, der ihren Heiligen Gral bedeckte und verdeckte. Aber nicht mehr lang.

Ich zog ihn mit meinen Zähnen weg und blickte auf eine blitzblanke Muschi mit deutlich sichtbarem Kitzler. Kein einziges Haar hatte sich hierhin verirrt, und es roch so gut da unten.

Nach Küssen auf Schamlippe 1 und 2 küsste ich ihre Stecknadel. Anush atmete laut wie eine Lok und drückte meinen Kopf in ihren Schoß hinein. Ich leckte sie als Leck-Gott und bescherte ihr 3 heftige Orgasmen nacheinander. „Und, war das jetzt so schlimm mit mir?", zwinkerte ich ihr zu. „Nein, im Gegenteil, es war und es ist wunderschön mit Dir", strahlte mich Anush an, „daran könnte ich mich gewöhnen."

Nachdem wir 20 Minuten unsere Nähe Arm in Arm genossen hatten, spürte ich ihre Hand auf einmal wieder an meinem Dong. Sie knetete ihn. Schnell war er vollsteif. „Magst Du jetzt mit mir schlafen?", hauchte sie mir fragend ins Ohr. „Nur wenn Du das wirklich auch willst." „Ja, sehr gerne", küsste sie mich, aber ein Kondom hatte sie nicht. Aber ich. In weiser Vorahnung hatte ich 3 Stück eingepackt.

Sehr zärtlich drang ich von oben in sie ein und füllte sie mit meinen 15 cm aus. Sie fühlte sich fantastisch an! Ihre Haare waren nun offen und bedeckten das Kissen. Ich schaltete einen Gang hoch und begann zu ficken. Anush liebte es und zog mich eng auf sich herunter. Ich schenkte ihr mittelharte, kontinuierliche Stöße und genoss den Fick mit ihr. Dabei küssten wir uns. Es war so schön, dass wir jeglichen Stellungswechsel vergaßen.

Immer weiter, bis ich kam. Mein Orgasmus war besser als jeder 6:0-Satz-Sieg über sie. Ich kam ultraheftig und dankte ihr für diese wunderschöne Erfahrung. Anush küsste mich lieb und kuschelte sich fest an mich. So schliefen wir ein.

Wach wurde ich am nächsten Tag um 9 Uhr, als ich etwas Warmes an meinem Penis spürte. Es war Anushs Mund, der meinen Helden steif geküsst hatte und ihn nun am Verwöhnen war. Sofort war ich bereit. Wie in der Nacht wollte sie mir zuerst einen blasen und mich so zum Orgasmus bringen. Als sie mit Daumen-Zeigefinger-Kreis wichste und mit der Zunge meine Eichel und Vorhaut umkreiste, schoss es aus mir heraus und verteilte sich in ihrem Gesicht. Das störte sie nicht, genauso wollte sie es haben. Spermaüberflutet lächelte sie mich an und ging sich sauber waschen mit Zähneputzen. Mir reichte Mentos.

Dann schlürfte ich Pussy. Ich genoss es, diese perfekte Scheide zu lecken und Anush ordentlich zu verwöhnen. Sie kam wieder dreimal und war glücklich. Nach kurzer Pause fragte sie mich, ob ich noch Gummis dabei hätte. „Ja", nickte ich. „Super, dann möchte ich Dich jetzt reiten, wenn ich darf." „Du darfst!"

Genüsslich schnallte sie mir den roten Umhang über und nahm zierlich auf mir Platz. Ihr Körper war so wunderschön, ihre Pussy pulsierte wie ihr Herzschlag, schnell und lebensbejahend. Langsam fing sie an und ritt immer schneller, bis sie in Ekstase verfiel. Mein Penis war zu sehen, nicht zu sehen, zu sehen, nicht zu sehen, zu sehen, nicht zu sehen. Ganz schnell ging das alles. Ich genoss ihren Wahnsinnsritt und gab schließlich mein Sperma dankbar ins Gummi ab. Anush ritt einfach weiter, bis sie 30 Sekunden nach mir aufstöhnte und zuckte.

„Ich bereue nicht, dass ich unsere Wette verloren habe", flüsterte sie mir ins Ohr. „Ich genieße es sogar!" „Ich auch", küsste ich sie auf die Lippen und drückte sie an mich. Wir entschlossen uns, im Bett zu bleiben und unseren geilen One Night Stand so lange wie möglich auszukosten. Als wir mittags wach wurden, fickten wir erneut. Diesmal Löffelchen und Doggy.

Beides war klasse! Ich kam als Hund von hinten. Am späten Nachmittag fuhren wir in die Stadt und aßen lecker zu Abend. Das Date war schön und romantisch. Anush war ein grandioser Fick und die ganze Warterei hatte sich gelohnt. Am Abend bediente sie mich mit einer erotischen Massage mit Happy End in ihren Mund. Ich revanchierte mich mit einer ebenso erotischen Massage mit Happy Ends durch meinen Mund.

Am nächsten Tag mussten wir wieder arbeiten. Nach der Show trafen wir uns zum Kicken. Wir zockten die Gäste ab, dann ich sie. Anush wollte mich erneut abschleppen, doch ich erklärte ihr, dass wir es bei dieser einen, abgemachten Sache belassen sollten. So geil der Sex mit ihr war, war mir bereits eine andere aufgefallen: Tina (19), die mit ihren Eltern Cluburlaub machte und mit mir Volleyball spielte. Sie stand auf mich, das wusste ich, und sie war bildhübsch und sicherlich unkomplizierter als Anush. Anush war traurig, doch mein Entschluss stand. Wir beließen es bei der Einlösung der Wettschulden und blieben Freunde. Am Abend darauf fickte ich bereits Tina.

Glory Hole Part I – Ally & Abby

„Glory Hole" bedeutet Klappenloch oder Schwanzloch und ist ein Loch in einer Wand zum Zwecke anonymer Sexualkontakte. Hier steht die sexuelle Befriedigung im Vordergrund, die Identität des Gegenübers bleibt nebensächlich. Ein spannender Reiz also.

Ich durfte mit meinem Team in die USA reisen, wo wir eine internationale TV-Show produzieren sollten. Mit meiner Clique an besten Mitarbeitern flog ich nach Florida, um für die United Film Production Ltd. ein neues Konzept einer Action-Reality-Show zu realisieren. Unser Hotel „Flo Rider" war einfach Wahnsinn. Erschöpft nach dem langen Flug checkten wir ein und jeder von uns erhielt ein genial eingerichtetes Zimmer im 12. Stock mit Blick auf die City.

Florida ist eine interessante Stadt. Sie besteht aus der Halbinsel Florida sowie dem Festlandteil Florida Panhandle und liegt im Südosten der Vereinigten Staaten. An der Ostküste befindet sich der Atlantische Ozean, an der West- und an der Südküste der Golf von Mexiko. Der Bundesstaat besitzt am südlichen Ende eine Inselkette, die „Keys".

Mit einer Gesamtfläche von 170.304 km² belegt Florida den 22. Platz unter den Bundesstaaten. 30.634 km² des Staatsgebietes sind Wasserflächen. Florida hat 20 Millionen Einwohner. Seit 2014 ist Florida der drittbevölkerungsreichste Bundesstaat der Staaten. Genug geschwafelt über Land und Leute.

Bevor es am nächsten Tag ernst wurde, saßen Herbert, Mike, Andreas, Jim und ich beisammen und genossen bei einem Glas Wein das gute Abendessen. Wir alle hatten unsere Frauen bereits angerufen und von der erfolgreiche Ankunft berichtet. Per WhatsApp hatte ich Andrea ein paar Fotos geschickt, sie freute sich sehr und schickte mir all ihre Liebe.

Nach den kräftigen Steaks schlenderten wir durch die Straßen, bis wir an einem rotlichtigen Milieu vorbeikamen. Jim meinte plötzlich: „Schaut mal, dort drüben ist eine Glory Hole Bar!" „Was ist eine Glory Hole Bar?", fragte Mike sichtlich verwundert.

Er war der Jüngste von uns und kannte sich sextechnisch wohl noch nicht so gut aus. Der 42-jährige Jim gab ihm gerne ein wenig Unterricht und erklärte uns allen, was es mit einem Glory Hole auf sich hat. Seine Beschreibung war detailliert, er musste das schwarze Loch irgendwoher kennen. Spontan entschlossen wir 5, dieser Bar mal einen „Männerbesuch" abzustatten. „Das bleibt aber unter uns", schlug Herbert vor und führte uns an. Nach einem Security Check durften wir rein.

Da drin war es randvoll und wir setzten uns erst mal an die Bar und bestellten Bier. „Auf uns, Jungs", zischte Herbert in die Runde und wir machten uns Schaumbärte. Ich verschaffte mir einen Überblick, aber von Glory Holes konnte ich nichts sehen. War es nur eine plumpe Werbeaktion? Und doch bemerkte ich, wie immer mehr Leute nach hinten verschwanden, und wie andere von hinten kamen, die überaus glücklich dreinschauten. Da musste es wohl eine Geheimtür geben!

Schließlich entschuldigte sich Mike, weil er auf Toilette musste. Jaja, mir war gleich klar, dass er auskundschaften wollte. Nach 5 Minuten kam er zurück und berichtete aufgeregt: „Jungs, da unten ist es: Das Paradies! Dort sind die Glory Holes! Einmal für Männer, einmal für Frauen." „Wie meinst Du das?", fragte ich ihn.

„Na, es gibt einen Eingang für Schwule, dort sind nur Männer aktiv, auf beiden Seiten der Wand, und hinter dem anderen Eingang wird gemischt gemacht." „Das ist was für uns!", juchzte Jim und schaute uns alle neugierig und fordernd an. Wir blickten uns alle kreuz und quer an.

„Das bleibt aber unser Geheimnis, Jungs", stotterte Jim. „Klar, Jim, mach Dir keine Sorgen", beruhigte Herbert ihn. Wir alle nickten. Als unsere Biere alle waren, zahlten wir und gingen down South, die Treppe hinab und erst mal auf Toilette. Nach dieser Erleichterung sollte der Spaß kommen. Wir wählten natürlich den gemischten Mann/Frau-Bereich und landeten in einem Raum, in dem es chillig zuging. Einige Damen und Herren saßen auf eleganten Polstermöbeln.

Sie unterhielten sich angeregt. Am Ende des Raumes konnten wir im etwas Dunkeln die Glory Hole Wand erkennen, wo Platz für etwa 10 Männer bestand.

4 Löcher waren besetzt. Wir konnten Männerhintern erkennen, mit heruntergezogenen Hosen, die sich an die Wand lehnten und scheinbar verwöhnt wurden. Aber von wem? Wie mögen diese Frauen wohl aussehen? Spannend, spannend!

Wie setzten uns erst mal aufs Sofa und starrten gebannt zu. So etwas hatte ich noch nie gesehen. Kurz darauf stöhnte ein Mann laut auf, er war wohl gekommen. Kurz darauf latschte er glücklich an uns vorbei, gefolgt von einer dicken ca. 45-Jährigen. Igitt! Diese Dreckstante möchte ich nicht an meinem Penis nuckeln lassen! So viel stand fest.

Auch die zweite Gina, die hinter der Wand nach vollendetem Job hervorgekrochen kam, entsprach nicht meinem Niveau, aber Jim gefiel sie. Er plauderte sie an, beide kamen nett ins Gespräch. Nun kam eine hübschere Frau ins Zimmer, die sich der gute Herbert schnappte und bezirzte. Mike und ich saßen da und schwiegen.

Dann kam der Sonnenschein: Ally und Abby hießen sie, wie wir später erfuhren. Diese 2 sexy Ladies, beide Anfang 30, hatten Lust auf Dongs. In kurzen Röcken stolzierten sie ins Zimmer und schauten sich um. Ich muss ihnen sofort gefallen haben, denn sie gesellten sich schnurstracks zu uns und stellten sich brav vor. Zu 8 flirteten wir schnell in 4 Zweierteams.

Die Ladies waren alles andere als schüchtern und wussten, was sie in einer Glory Hole Bar wollten: Schwänze! Ally war zuckersüß, 32 Jahre schön und hatte einen ansprechenden Körper. Ihre Titten waren gemacht, eigentlich nicht mein Ding, aber es gibt Schlimmeres. Wie auf Kommando standen dann plötzlich Jim, Mike und Herbert zusammen mit ihren Damen auf und verschwanden in Richtung Lochgestell. Die Jungs öffneten ihre Hosen, während die Damen hinter der Wand verschwanden. Und dann ging es los.

Nun zog mich auch Ally hoch und führte mich – sicher nicht zum ersten Mal in ihrem Leben – zur Schwanzwand. Auch ich ließ meine Hosen fallen und steckte meinen mittelsteifen Dick durch das Loch ins Nichts.

Da war die erste Berührung! Dann der erste Zungenkontakt! Ich vertraute darauf, dass es auch tatsächlich Ally ist, die mich da verwöhnt.

Geschickt spielte sie meinen Dong USA-steif und bearbeitete ihn mit einem Wechsel aus Wichsen und Blasen. Da standen wir 5 Gigolos nun und schauten uns an. Wir grinsten wie 5 Honigkuchenpferde. Bei Jim wurde es ernst, er drückte ein „Jetzt" heraus und schüttelte sich etwas. Nun war Herbert dran, der zweimal gegen die Wand klopfte, was sein Zeichen für das Finale war. Kurz darauf war Mike fertig.

Nun merkte ich, dass auch die Ally ihr Präsent abholen wollte. Schneller wurden ihre Strokes, tiefer ihr Gebläse. Ich krampfte zusammen und ließ meinen Cumshot raus. Es war echt geil! Als ich fertig gestöhnt hatte, zog ich meine Hose hoch und wir Männer setzten uns zurück auf unsere Plätze. Nach und nach kamen die Damen aus dem Black und gesellten sich zu uns. Ally hatte noch etwas Sperma an der Wange hängen, ich wischte es ihr weg. Abbys Lippenstift war verschmiert und ihr Anblick sorgte für einen lauten Lacher bei Jim.

Ich muss schon zugeben: Diese meine erste Glory Hole Erfahrung war eine echt gute! Ich war positiv überrascht. Der Abend entwickelte sich produktiv und flüssig. Wir 8 kamen gut ins Gespräch, und nach weiteren Getränken waren wir bereit für Runde 2. Diesmal schlug Jim vor: „Jungs, was haltet Ihr davon, wenn die Ladies intern entscheiden, wen sie diesmal verwöhnen? So wissen wir nicht, mit wem wir es zu tun haben. Findet Ihr das nicht spannend?"

Doch, fanden alle. Auch ich. Zwar war Ally die Hübscheste von allen, aber auch die anderen waren nicht aus der Gosse. Insgeheim wünschte ich mir diesmal Abby, aber wer weiß, was kommt. „Let´s go!", diktierte uns Gina, die eigentlich Lisa hieß, hinter die Wand. Wieder ergatterten wir 4 Plätze nebeneinander, andere 3 waren belegt. Gerade war so ein ekelhafter Fettsack am Kommen. Als er neben mir seinen Schniedel wieder einzog, musste ich diesen suchen. Nichts da. Armselige kleine Ratte.

So, erneut zippten wir die Reißverschlüsse runter und steckten unsere Penisse ins Loch. Jim hatte echt einen Riesigen, das konnte ich aus dem Augenwinkel sehen. Egal, ich konzentriere mich auf mich. Da war die erste Berührung! Und dann auch der erste Zungenkontakt!

41

Eines war mir klar: Das fühlt sich anders an als vorher bei Ally. Aber es fühlte sich auch sehr gut an. Meine Unbekannte entpuppte sich als Freihandbläserin. Hand setzte sie nur ein, um ihn am Schaft festzuhalten. Sonst bewegte sie ihr Gummigenick vor und zurück, als ob sie eine Dauernickerin wäre.

Mike war der Erste, der belohnt wurde. Er kam laut und gut. Das könnte Ally gewesen sein, schoss es mir durch den Kopf. Meine Freihandbläserin blies freihand weiter und immer im selben Rhythmus. Geil! Nun kam Herbert. Er klopfte gleich viermal und winkelte sein rechtes Bein etwas an, was für einen intensiven Orgasmus sprach. Jim und ich hatten unsere Highlights noch vor uns, wir durften sie gleichzeitig erleben.

Ich spürte meinen Orgasmus kommen und das Mündlein hinter der Wand stoppte, als mein erster Spritzer herausschoss. „Weiter!", rief ich, und sie setzte wieder an. Jim strahlte mich an, sein Cumshot war wohl genauso intensiv. Ausgelutscht schlenderten wir zurück aufs Sofa, bis die Ladies 1 bis 4 zu uns kamen. Die Kröte grinste mich an. Mann, ausgerechnet sie war es, dachte ich mir. Darauf ein Bier. Prost!

Plötzlich war es 1:30 Uhr und uns war klar, dass wir schlafen mussten, weil der nächste Tag sehr anstrengend werden würde. „Mag noch jemand?", fragte ich die Männerrunde, doch Jim, Mike und Herbert winkten ab. „Zweimal reicht", riefen sie mir zu. Ich aber wollte unbedingt die geheimnisvolle Abby noch testen. Zufällig saß ich gerade neben ihr und fragte sie: „Abby, you and I?" Sie hatte wohl schon darauf gewartet, lächelnd zog sie mich hoch und mit sich mit. Was mich erwartete, war der beste Job des Abends: Abby, 31, groß, blond, schlank, Reh-Augen, 90-60-90, schenkte mir einen Hand- und Blowjob der Extraklasse. Mal Hand, mal Mund, mal beides.

Ich drehte mich zu meinem Team um und gab ihnen ein Thumbs up. Alle jubelten. Ich genoss und merkte, dass Abby langsam aber sicher auf die Zielgerade einbog. Nun blies sie, während sie gleichzeitig mit einem Daumen-Zeigefinger-Ring meinen Schaft putzte. „Now!", stieß ich heraus, dann kam ich zum dritten und besten Mal durchs Hole. Wir 4 Helden zogen glücklich nach Küsschen rechts, Küsschen links und „Goodbye Ladies" von Dannen zurück ins Hotel.

Glory Hole Pt. II – Stella, Chloe & Madison

Die nächsten 3 Tage waren sehr anstrengend auf Arbeit. Ich hatte keine Power mehr für die GHB danach, lieber schlafen. Ich wusste, dass die Jungs nochmal dort waren und es ein ziemlich geiler Abend war. Nun war ich wieder bereit: Ich informierte meine Boys und fragte sie, ob wir uns zusammen später einen schönen Feierabend machen wollen. „Na klar", nickten sie einstimmig und grinsten frech. Sie wussten genau, was ich mit einem „schönen Feierabend" meinte.

Endlich, der lange Arbeitstag neigte sich dem Ende und wir aßen lecker bei unserem Stamm-Italiano. Dann zurück ins Hotel, wo wir uns frisch machten und dann auf den Weg zur anrüchigen Glory Hole Bar. Ich war unglaublich gespannt, wie sich der Abend entwickeln würde.

Aufgeregt betraten wir die Bar und bestellten unser erstes Bier. Danach ging es ab ins Hinterzimmer, in den gemischten Bereich natürlich. Der Herbert wurde angefragt, ob er nicht lieber anders abbiegen wolle, zum männlichen Po-Fick, aber darauf hatte er keine Lust. Verständlich. 8 der 10 Löcher waren aktuell besetzt, doch da stöhnte es auch schon und 2 glückliche Herren marschierten an uns vorbei, gefolgt von 2 dunklen Afrika-Frauen. Nicht mein Ding. Plötzlich betraten 3 junge Mädels den Raum.

Alle sitzenden Männer schauten auf und rieben sich die Hände, doch unsere Gruppe war wohl die attraktivste, und so marschierten die Girlies schnurstracks auf uns zu. Die 3 stellten sich uns als Stella, Chloe und Madison vor und nahmen zwischen uns Platz. Mann, Frau, Mann, Frau, Mann, Frau, Mann – eine gerechte Sitzordnung. Ich saß mittendrin und war umringt von Chloe und Madison.

Alle 3 waren blutjunge 21 und zum ersten Mal in der Bar, wie sie sagten. Stella war ca. 1,70 m groß und ich schätzte sie auf 54 kg. Wilde, rote Haare, eine enge Jeans mit knackigem Arsch drin, Tattoos an Armen und Fingern.

Die Madison war deutlich kleiner, sexy und schlank. Zungen-Piercing und Nasenring verunstalteten ihr engelhaftes Babyface nicht. Lange, schwarze Haare. Chloe war das Highlight: Pamela Anderson in jung.

„Wir haben uns das als Geburtstagsüberraschung für die Stella ausgedacht", erklärte Chloe diesen Besuch, „ist mal etwas anderes als irgendeine Handtasche, Schmuck oder neue Schuhe." Da hatte sie Recht. Angeregt unterhielten wir uns pärchenweise so gut es ging, bis das Geburtstagskind lockte:

„Also, ich möchte jetzt endlich meine Geburtstagspräsente auspacken. Jungs, seid Ihr bereit?" Und wie bereit wir waren! Während Stella nach hinten tanzte, folgten wir 4 Männer ihr alles andere als unauffällig. Chloe und Madison begleiteten uns, und wir waren gespannt, was diese 3 Frauen mit uns 4 Männern vorhatten.

Zum Glück waren 4 Löcher nebeneinander frei, also ließen wir die Hosen runter und steckten unsere Dongs bereitwillig in die Holes hinein. „Diese Runde gehört mir!", hörten wir Stella erregt rufen und wussten nicht, was das genau zu bedeuten hatte, aber kurz darauf spürten wir es. Jim und Mike stöhnten gleichzeitig auf, bei denen war etwas in Gange. Herbert und ich schauten uns an. Nichts. Hä?

Dann spürte ich eine Hand an meinem Penis, die mich ganz sanft streichelte und mir die Hoden kraulte. Schön war es! Auch Herbert neben mir zwinkerte mir zu, also war auch er gut versorgt. Doch das langsame Streicheln wurde nicht schneller. Mein Dong war längst steif, aber kommen konnte ich so nicht. Es fühlte sich trotzdem umwerfend an, so sanft da unten liebkost zu werden. Wollte hier jemand einen Rekord des längsten Handjobs brechen?

Nach 10 Minuten stöhnte Jim auf, sein Orgasmus war gekommen. Seine Bedienung streichelte wohl schneller als meine. Kurz darauf war Mike dran, er klopfte und zuckte. Befriedigt zogen beide ihre Hosen wieder hoch und schauten Herbert und mich an. „Bei mir dauert es noch", sagte ich trocken. „Bei mir auch", meinte Herbert. „Setzt Euch derweil, wir kommen, wenn die Damen es geschafft haben." Jim und Mike hielten sich für gute Dongs und setzten sich strahlend zurück aufs Sofa.

Plötzlich und endlich ging das richtige Wichsen los. Gut! Und auch blasen konnte sie jetzt auf einmal. Warum nicht gleich so! Auch Herbert hatte die Augen mittlerweile geschlossen und genoss, was bei ihm abging. Auch seine Lady gab nun scheinbar Gas.

Langsam aber sicher spürte ich, dass ich bald kommen werde. Das langsame Streicheln war durchaus effektiv gewesen, jetzt das gute Masturbieren und das tiefe Blasen – alles zusammen sorgte für einen heftigen Orgasmus. Ich kam laut stöhnend. Auch Herbert war nun soweit und kollegial spritzte er mit mir ab. Gut gelaunt setzten wir uns zurück zu Jim und Mike, dann kamen die 3 Girls und setzten sich wieder zu uns: Mann, Frau, Mann, Frau, Mann, Frau, Mann. Selbe Sitzordnung wie vorhin.

„Und, war ich gut, Boys?", fragte die Stella in die Runde und schaute uns fragend an. „Wem hast Du es denn gemacht von uns?", fragte ich. „Euch allen!" Ich verstand nicht. Auch Herbert, Jim und Mike wussten nicht weiter. „Zuerst habe ich mich um Jim und Mike gekümmert, dann um Dich und Herbert." Jetzt verstand ich. Während die krasse Stella Jim und Mike einen Double Hand- und Blowjob gegeben hatte, kraulten Madison und Chloe unsere Eier und brachten unsere Salamis in Stimmung. Daher das langsame Warmstreicheln.

Als Jim und Mike gekommen waren, widmete sich Stella den Schwänzen von Herbert und mir und bediente uns fachmännisch bis zum Kassensturz. So ein Luder! Sie hatte in 20 Minuten 4 Männer glücklich gemacht. Das nenne ich ein wirklich schönes Geburtstagsgeschenk!

Wir plauderten weiter und die Mädels erzählten uns, dass sie allesamt ehemalige Schulkolleginnen und gleichzeitig beste Freundinnen seien und jetzt gemeinsam Kunst studieren. Sie wohnen sogar zusammen in einer WG. Schnell ging meine Fantasie mit mir durch. Ich könnte die 3 ja mal besuchen!

Nach einer halben Stunde Gelaber und 2 weiteren Getränkerunden schlug ich vor: „Jungs, Mädels, habt Ihr Lust auf eine weitere Sex-Runde? Aber diesmal dürfen alle Ladies mitmachen." Mein Vorschlag wurde von allen Parteien jubelnd angenommen, und kurz darauf standen wir erneut vor und hinter der schwarzen Wand. Was würde diesmal kommen?

„I will take care of you, honey", flüsterte mir die hübsche Chloe zu. „Yes!", dachte ich innerlich und war gespannt, was sie mit mir vorhatte. Herbert und Jim erhielten von Madison einen doppelten Blowjob, beiden gefiel es. Jim bekam von Stella einen runtergeholt, während sich Chloe mit aller Expertise um mein drittes Bein kümmerte. Verdammt gut blies sie ihn!

Ich träumte von Baywatch-Pam und ihren Nixenkünsten, da spürte ich auf einmal, wie irgendein Material meinen Penis berührte. Es fühlte sich an wie Gummi. Klebte die mir etwa ihren Kaugummi auf die Vorhaut? Nein, es war ein Kondom, das sie mir überzog.

Auf einmal spürte ich Muschi. Sie musste sich umgedreht haben, bückte sich in Position und ließ sich nun von hinten nehmen. Geil! Meine Jungs staunten nicht schlecht, als sie sahen, wer hier das Ruder in der Hand bzw. in der Höhle hat. Während sie nach und nach ihre Höhepunkte erlebten, genoss ich den Fick durch die Wand und kam in Chloes Fotze. Sie zog mir das Kondom ab und leckte meinen Dude sauber. Braves Ding.

Erledigt aber glücklich setzten wir 7 uns und genossen einen weiteren alkoholischen Drink. Wir waren alle müde, also beendeten wir den Abend und gingen ins Bett, ich mit der Telefonnummer von Chloe in der Tasche. Das Glory Hole kam mir in den Kopf, aber nicht die Bar. Sondern die 3 Mädels, die wir dort kennengelernt hatten: Chloe, Madison und Stella. Aber warum mit meinen Kollegen teilen, wenn sie alle 3 exklusiv nur mir gehören können?

Am nächsten Tag rief ich Chloe an, sie konnte sich sofort an mich erinnern. Ich erzählte ihr, dass wir nur noch 2 Tage da seien, und fragte an, ob sie und ihre Busenfreundinnen Lust auf ein Date hätten. „Ja, klar, wieder in der Glory Hole Bar?" „Nein, konterte ich, „ich dachte eher bei Euch Zuhause, so ganz lässig und kuschelig." „Coole Idee", säuselte Pam 2, „und wann wollte Ihr kommen?"

„Heute Abend, aber ich dachte da eher an mich allein." „Wie bitte?", meinte Chloe ungläubig. „Du allein willst uns 3 glücklich machen?", forderte sie mich heraus. „Klar, ich kann das", protzte ich, „wäre nicht mein erstes Mal.

46

Ich werde Euch 3 derart befriedigen, dass Ihr die Engel singen hört." Das zeigte Wirkung. „Gut, Tiger", hauchte sie mir rein, „dann zeig, was Du kannst. Wir erwarten Dich heute Abend, um 9?" Ich bestätigte, notierte mir die Adresse und freute mich auf ein geiles Erlebnis mehr. Nach einem guten Abendessen klinkte ich mich aus und fuhr zu den 3 Grazien. Teuflisch grinsend öffnete mir Madison die Tür und ließ mich eintreten. „Komm schon, gib den Jungs das Zeichen, wir haben Euren Trick durchschaut", quakte sie mich von der Seite ein.

Als sie begriffen, dass ich tatsächlich alleine war, staunten sie wie 3 Quarktaschen. Ich stellte mein Mitbringsel, eine Flasche teuren Schampus, auf den Tisch und ließ Stella 4 Gläser bringen. So tranken wir uns in Stimmung. Die Mädels waren locker drauf und umgarnten mich. Viel nackte Haut war bereits zu sehen, alle 3 trugen Hot Pants und ein hautenges Top.

Ihre WG war studentisch eingerichtet. Ein dreidimensionales Bett sah ich beim kurzen Rundgang, die 3 schliefen laut eigener Aussage öfter zusammen kuschelnd ein. Niedlich.

Stella war die erste, die den Abend zu einem Spektakel machte. Sie setzte sich frech auf meinen Schoss, nahm mein Gesicht in ihre niedlichen Wichshände und küsste mich auf den Mund. Champagner-Kuss. Ich knutschte mit und spürte, wie derweil Madison sich an meiner Hose zu schaffen machte. Ehe ich mich versah, küsste Chloe meine Brust. Ein Traum geht da wieder mal in Erfüllung, dachte ich mir. Schon war ich nackt und wurde von 3 21-jährigen Girls verwöhnt. Schnell waren wir nackt und spielten Adam und Evas.

Während ich da lag, verwöhnten mich Stella, Madison und Chloe mit einem Triple Blowjob, dazu Küsse und Streichelarbeiten. Leider gab es keinen Spiegel in diesem Zimmer, schade. Also konzentrierte ich meine Augen aufs direkte Zusehen, und sah, wie Madison verdammt tief, fast schon Deep Throat, blies, während Stella nur meine Eichel schluckte. Am besten machte es meine liebe Chloe, die genau die goldene Mitte traf.

Ich spürte, es wird Zeit für meinen ersten Orgasmus des Abends. Und schon spritzte ich es hinaus, und die 3 Teenies juchzten, als sie meine enormen Ladungen sahen und fühlten. Als ich fertig war, kuschelten sich die 3 in meine Arme.

„So, und jetzt musst Du Dein Versprechen einlösen und uns 3 glücklich machen", forderte Stella mich auf, meinen Worten Taten folgen zu lassen. No Problemo.

„Legt Euch nebeneinander und schließt Eure Augen", kommandierte ich den Stellungswechsel herbei. Da lagen sie nun, nebeneinander, und ich betrachtete ihre schönen, jungen, strahlenden Körper. Chloe hatte große, feste Brüste wie Pam und einen blonden Schamhaar-Landestrich. So 10 cm lang. Und schön getrimmt. Haare nicht zu lang, nicht zu kurz, Strich nicht zu breit. Er endete genau dort, wo ihr zweites paar Lippen begann. Geil!

Stella hatte auch Schamhaare, aber sie waren in einem runden Kreis formiert, der sich knapp über ihren Lippies befand. Madison trug blank. Ihre Schamlippen waren deutlich größer und länger als die von Chloe und Stella, aber sehr schön und sinnlich. Die musste ich zuerst lecken!

Also küsste ich ihren zarten Bauch und tiefer in Richtung Pussy. Die begann gut zu riechen. Als ich ihre Klitoris erreichte, stöhnte sie auf. Die beiden anderen Mädels öffneten ihre Augen und wollten auch so geil verwöhnt werden. Meine streichelnde Hand reichte Chloe nicht aus, sie wollte mehr und zog mich zu ihr rüber. Nun leckte ich Chloe. Das passte der bereits tief erregten Stella nicht, die mich wieder für sich beanspruchte.

Nun protestierte Madison. „Ich will auch!", rief sie und zog mich an den Haaren rüber zu sich. So wurde ich zum dreifachen Pussy-Lecker. Ich wanderte liegend von A nach B und weiter nach C, zurück zu A, dann wieder B. Es ist unfassbar geil, gleichzeitig, hintereinander und abwechselnd 3 verschiedene Muschis zu lecken, unterschiedliche Reaktionen und Stöhner dafür zu ernten und mitzubekommen, wie jede Frau einfach anders kommt.

Ich war gespannt. Ich intensivierte mein Gelecke mit meiner besonderen Zungentechnik und Stella ließ mich nicht mehr weg. Sie wollte kommen. Pams Versuche, mich rüberzuziehen, schlugen fehl. Stella hatte mich, meine Haare und meinen Kopf fest im Griff. Ich ihren Kitzler. Gewaltig erreichte sie ihren Orgasmus.

Sie bebte und ich leckte sie über 2 Minuten aus, bis sie sich erschöpft fallen und mich gehen ließ. Nun kam Chloe dran. Ich fuhr auf ihrem Schamhaarstrich Auto und stolperte über den Kieselstein, der immer größer wurde. Chloe war schon mächtig heiß und meine Leck-Technik bescherte ihr einen dynamischen und schnellen Orgasmus. Sie kreischte lauter als die Stella, war aber auch schneller fertig. Nun war Madison dran.

Blanke Muschi duftete nach Vanille. Ich mag Vanille! Ihr zarter Körper konnte unerwartete Spannungen und Kräfte entwickeln. Je intensiver ich arbeitete, desto härter wurde ihr Körper. Sie bereitete sich darauf vor, loslassen zu dürfen. Dieses Loslassen geschah erstaunlich leise, sie atmete ein paar Mal tief und zuckte ein bisschen herum, bestätigte mir danach aber einen Hammer-Orgasmus. Jede kommt halt anders. So ist das.

Aber nicht nur Madison lobte mich, auch die anderen beiden Gespielinnen strahlten und meinten, ich hätte ihnen nicht zu viel versprochen. Nach ein paar Minuten fragte Madison in die Runde: „Kannst Du auch so gut ficken wie lecken?" „Kann er", bestätigte Chloe, die ja meinen Schwanz schon von hinten durchs Glory Hole gespürt hatte. Schon waren Madisons Hände an meinem Penis und streichelten ihn steif.

Derweil zückte Chloe ein Kondom aus dem Nachttisch und streifte es mir sauber über. „Ich zuerst!", schrie Stella wie ein tollwütiger Wolf, doch Chloe war schneller und saß schon auf mir drauf. Langsam bewegte sie ihr Becken auf dem meinen und massierte so meinen Dong kräftig durch. Ihre Fotze fühlte sich genauso wie durchs Glory Hole an, ich hätte sie auch blind wiedererkannt.

Während sie auf mir ritt, hatte Madison etwas Teuflisches vor: Sie setzte sich mir ins Gesicht, sodass ich kaum noch Luft bekam. Während sie mit der reitenden Chloe schmatzige Zungenküsse austauschte, leckte ich ihre Scheide roundabout. Sogar ihr A-Loch wurde von mir verwöhnt.

Arme Stella. Sie ging leer aus. Nicht ganz, denn ich konnte auch sie stöhnen hören. Die surrenden Geräusche verrieten einen Vibrator. Sie trieb es also mit einer Maschine. Chloe ritt nun schneller und wollte uns unsere Erlösung beschaffen. Doch zuerst kam Vibrator-Stella.

Ich hörte ihr Stöhnen deutlich, obwohl meine Ohren von Madisons Hintern verdeckt waren. Kurz darauf erlöste ich Madison. Meine Zunge spürte ihren Saft tropfen, und während ihr Körper die Kontrolle verlor, verlor sie einen Furz. Naja, es war mehr ein kleines, nichtriechendes Fürzchen, das mich nicht weiter störte, zumal ich gerade selbst auf dem Weg war, abzuspritzen.

Chloe kam nun auch. Ihre Pussy verengte sich und pulsierte meine Pimmeladern enorm. Ich kam und schenkte der Innenseite des Gummis meine Füllung. Ausgelaugt nach diesem Spitzenerlebnis fielen wir zusammen und atmeten die Stille ein, die sich uns nun bot. Wahnsinn, dachte ich, wie geil es doch ist, ein Womanizer zu sein, der es einfach drauf hat.

Leider wusste ich, dass dieses Quartett am kommenden Morgen zu Ende ging, also musste ich genießen und mitnehmen, was ging. Ich sah immer noch die bunten Schmetterlinge schweben … und schlief ein. Dann wurde ich wieder wach. Stella rüttelte an mir herum und fragte, ob ich nochmal Lust hätte. Ich schaute hoch und 6 gierige Augen lookten mich an. Die Lust war sofort da und ich war zu jeder Schandtat bereit.

„Mädels", erklärte ich, „da heute unser einziger und gleichzeitig letzter Abend zu viert ist, würde ich gerne eine Erinnerung daran haben. Ist das in Ordnung für Euch, wenn ich unseren folgenden Sex aufnehme, nur für mich privat?" Madison und Stella schauten sich an und nickten, doch Chloe wollte nicht. Alle meine Überredungskünste gingen bei ihr ins Leere. Nicht mal Madison konnte sie überzeugen. Schade. Schade.

„Aber ich kann Euch filmen, so wie einen Porno halt", schoss es plötzlich aus der scheuen Pam heraus. „Ich brauche aber eine Cam." Ich übergab ihr mein iPhone und sie begab sich in Position. „Und was sollen wir machen?", fragte Madison. „Ficken, blasen, lecken?" „Alles schön der Reihe nach", grinste ich und warf sie in die Mitte des Bettes.

Chloe kapierte und startete die Aufnahme. Yes! Ich war schon fleißig dabei, die kleine Madison mundzuküssen, da mischte sich Stella ein und knutsche meinen Dong. Naja, mehr lutschte sie. Chloe war bemüht, den richtigen Winkel zu finden und filmte mal von links, von rechts, dann von oben. Von weiter weg, dann war sie auf einmal ganz nah. Fleißiges Bienchen.

Diesmal wollte die Stella von mir geleckt werden, also nahm sie 69 auf mir Platz und widmete sich gleichzeitig, zusammen mit Madison, meinem Ständer. Stella genoss meine tiefen Zungenspiele, sie schmeckte gut da unten, ein wenig noch nach Vibrator, aber auch der hat seine Berechtigung. Verdammt gut bliesen die beiden mich, das spürte ich. Sehen konnte ich es leider nicht, denn ich sah ja nur Arsch.

Und dieser Knackarsch verriet mir, dass ich gute Arbeit leistete, denn er wurde immer unruhiger, bis sich Stella aufrichtete und ihren Orgasmus genoss. Ich kannte keine Gnade und züngelte sie zu 2 schnellen Höhepunkten hintereinander. Madison wollte nun mich erlösen und wichste mein Holz gut durch, bis ich den point of no return überschritt. Stella bückte sich blitzschnell, denn sie wollte dabei sein, wenn ich komme. Zusammen wichsten sie mich über die Ziellinie, ich kam enorm. Stella flog fast von mir hinunter, derart bäumte sich mein Oberkörper auf, der Druck musste einfach raus. Dann spürte ich nasse Münder, Stella und Madison lutschten mich aus und danach alles sauber. Puh, was für ein Ding.

Glücklich drückte ich Stella von mir hinab und bekam von allen 3 Frauen Applaus spendiert. Mein iPhone durfte ich zurücknehmen und war glücklich. So schliefen wir zu viert Arm in Arm in Brust in Arm ein.

Am nächsten Morgen kam es zum letzten Sex. Gefickt werden wollten die 3 Schlampen. Alright. In Ordnung. Zu dritt knieten sie sich nebeneinander und ließen sich nacheinander und abwechselnd von hinten vögeln. Dann in der Missionarsstellung und à la Löffelchen. Chloe hatte dabei einen Orgasmus, die anderen beiden glaube ich nicht, denn schon kam ich, und zwar in der niedlichen Madison.

Ich küsste die 3 Busenfreundinnen auf den Mund und sagte Adieu. Beruflich hatten wir alles geschafft und ein geiles TV-Konzept auf den Weg gebracht. Die Premierensendung wurde aufgezeichnet und wir hatten einen Erfolg im Kasten, das wussten wir. Mit meinen Jungs, vielen geilen Erinnerungen und einem sensationellen Porno mit 3 geilen Mädels ging es zurück nach München.

Das Glory Hole Pt. III – Lulu & Elissa; Natasha

Florida – here I come again! Nach dem großen Erfolg der TV-Show, die wir für die United Film Production Ltd. konzipiert und umsetzt hatten, sollte es diesmal ein Entertainment-Show-Format sein. Ich nahm 4 aus meinem Team mit: den attraktiven Peter, den schüchternen Leo, die zierliche Lulu und Praktikantin Elissa. Wir wohnten erneut im „Flo Rider" und trafen uns nach später Ankunft und wenig Schlaf am nächsten Morgen pünktlich um 8 Uhr Ortszeit mit dem hiesigen Chef Matt.

Matt freute sich sehr mich wiederzusehen. Nach Briefing bildeten wir mit 4 seiner Angestellten Teams und starteten mit der Arbeit. Der Tag verging schnell und erfolgreich, sodass wir um Punkt 19 Uhr gemeinsam beim leckeren Italiener saßen und gut dinierten.

Peter, Leo und ich entschlossen uns, danach noch einen trinken zu gehen, die Amis waren alle hundemüde und unsere Ladies hatten andere Pläne. Als wir durch die Straßen schlenderten, erzählte ich meinen beiden Kollegen und Kumpels von der Glory Hole Bar ein paar Ecken weiter. Da beide – so wie ich – in festen Beziehungen waren und auch nicht gerade treu, hatte ich keine Bedenken, sie darauf anzusprechen.

Der kernige Peter, 35, fast 2 m groß und gut trainiert, war sofort Feuer und Flamme. Der zurückhaltende Leo, 31, war etwas vorsichtig, doch schließlich – nach 10 Minuten Überredungskunst – willigte er ein. Zu dritt betraten wir die legendäre Glory Hole Bar, in der ich schon diverse geile Abenteuer erlebt hatte. Nach 2 Bier verzogen wir uns in die wichtigeren Ecken des Gebäudes, wo leider kaum etwas los war an diesem Abend.

Vielleicht würde sich das noch ändern. Lediglich 1 Glory Hole war in Arbeit. Ein dicker Ami stöhnte, während er bedient wurde. Sonst nichts. Wir setzten uns auf ein Sofa und warteten. Peter fand das alles höchst interessant, aber der Leo fühlte sich unwohl. Als 2 weitere Abendpaare vor und hinter die Wand gingen und mit dem Sex starteten, stand er auf und meinte:

„Sorry, Jungs, aber das ist nichts für mich. Ich gehe schlafen." Wir hatten Verständnis mit dem Loser und verabschiedeten ihn in die Heia.

Peter und ich blieben und hielten Ausschau, aber freie Frauen waren nicht zu sehen. Nicht einmal in den dunkelsten Winkeln des Raumes. „Russisch Roulette", schoss es plötzlich aus Peter heraus. „Was meinst Du genau damit?", fragte ich ihn erstaunt. „Weißt Du was: Wir beide stecken unsere Dongs durch die Wand und warten einfach was passiert." Coole Idee. Meine Bedenken, dass da auf einmal Männer daran lutschen könnten, waren nicht von Dauer, da wir ja schließlich nicht im Gay-Bereich waren.

„Gut", grinste ich, und zusammen standen wir auf und platzierten uns an die schwarze Wand. Hosen auf, Hosen runter. Seite an Seite standen wir nun da und schauten uns an. 2 Minuten, 6 Minuten. Nichts. Plötzlich hörten wir Frauenstimmen-Getuschel, das immer näher kam. Waren die auf dem Weg zu uns? Hoffentlich!

Da war er: Der erste Kontakt! Peter stupste mich an und deutete nach unten, was bedeutete, dass er sein Schicksal gefunden hatte. Und auch ich spürte Mund. Hurra! Schön warm und weich war der. Nun spürte ich auch Hand. Yes! Mein Penis war längst supersteif und durfte nun verwöhnt werden. Peter genoss auch und strahlte mich an. „Das war eine super Idee", flüsterte er mir ins Ohr, „die bläst echt genial!" „Meine auch, meine auch", stöhnte ich sanft zurück.

Peter kam. Sein Gesicht sah aus wie das von King Kong in Rage. Sein Sperma muss viel gewesen sein, denn auf der anderen Seite der Wand ertönte Husten. Probleme beim Schlucken, wie? Auch ich war soweit und schoss mein Sperma raus in den Mund der unbekannten Empfängerin, die schön weiterlutschte, bis er müde und erschöpft sich zusammenzog. „Fantastisch", jubelte Peter und zog seinen Penis glücklich wieder ein. Ich auch.

Während wir sie in unseren Hosen verstauten, hörten wir erneut dieses Frauen-Getuschel, und wie es von Sekunde zu Sekunde leiser wurde. Die beiden Honigmäulchen wollen uns gar nicht kennenlernen? Haben es wohl eilig.

Wir bückten und uns riskierten einen Blick durch die Holes, und was wir sahen, verschlug uns die Sprache: Es waren unsere Kolleginnen, die zierliche Lulu und Praktikantin Elissa. Was für Säue! Was für geile Luder! Die 2 Ladies sahen genauso aus wie die beiden, also mussten sie es sein. Verwechslung ausgeschlossen.

Peter und ich waren sprachlos. „Das ist doch nicht möglich, das ist doch nicht zu fassen!" Ich war noch sprachloser und bekam kein Wort raus. „Aber geil war es!", ergänzte Peter. Fassungslos setzten wir uns auf ein Ecksofa und sinnierten über das Vorgefallene. Die Zeit verflog, bis uns eine sexy Frauenstimme ansprach: „Hey, guys! Hello?"

Eine schwarzhaarige rassige Schönheit war es, die wohl schon seit einiger Zeit versuchte, uns auf sie aufmerksam zu machen. Nun hatte sie unsere volle Aufmerksamkeit. Sie hieß Natasha und war 26. Wir boten ihr einen Platz zwischen uns an, doch sie entschied sich für unseren Schoß. Zum Reden war die nicht hier, sondern zum Ficken. Das erklärte sie uns auch kurz, knapp und direkt.

„I want both of you guys", zeigte sie auf unsere Brüste, und bevor wir eine Wahl hatte, schnappte sie uns an den Händen und zog uns mit sich zur Glory Hole Wand. „Bist Du wieder fit?", fragte Peter mich. „Denke schon, und Du?" „Denke auch", lechzte er und steckte als erster seinen echt langen Penis durch das Kreisloch. Später erfuhr ich seine Länge: 23 cm im erigierten Zustand. Hut ab, mein Freund! Meiner ist knappe 15 cm. Aber auf die Länge kommt's ja nicht an, sondern wie man damit umgeht. So.

Die geile Natasha werkelte schon an Peters Salami herum, dann auch an meiner, als ich sie ihr anbot. Ein doppelter Hand- und Blowjob war es, der uns in Stimmung brachte. Nun wollte sie gefickt werden. Aber leider hatte keiner von uns Kondome dabei. Zum Glück gab es auf der Toilette einen entsprechenden Automaten und ich erklärte mich bereit, schnell welche zu organisieren.

Als ich mit der Ware zurückkam, waren Peter und Natasha bereits am Bumsen, ohne Kondom. Er stieß hart zu und nagelte Tashas Pussy hart.

„Komm, jetzt Du ein bisschen", wich er brav zur Seite, sodass ich mir schnell ein Gummi überzog und in die saftige Höhle durfte. Ich fickte langsamer und weicher als Peter, aber fühlte mich sehr wohl dabei.

Jetzt durfte das Muskelpaket wieder ran. Der 35-Jährige, Vater eines Kindes und verheiratet mit der etwas molligen Tina, machte nun ernst und zerlegte mit seinen Stößen fast die Wand. Natasha aber schien es zu gefallen, denn sie stöhnte wie ein Pavian. Nebenan meinte ein älterer Mann, wir sollten es doch bitte nicht übertreiben, aber das war dem Peter egal und er bebte zu seinem Cumshot.

Jetzt durfte auch ich auf die Zielgerade einlaufen. Ich intensivierte meine Stöße und ejakulierte ins Kondom. Glücklich bedankten wir uns bei unserer rassigen Fick-Partnerin und gingen schlafen.

Am nächsten Morgen saßen wir, die Münchner Crew, gemeinsam beim Frühstück und es lag eine seltsame Stimmung in der Luft. Leo war irgendwie traurig und noch stiller als sonst. Peter und ich zwinkerten uns mehrfach zu, vor allem in Bezug auf Lulu und Elissa. Ihn beschäftigte wohl dieselbe Frage wie mich: Wer von den beiden hat es gestern mir bzw. ihm besorgt?

Lulu arbeitete seit 2 Jahren für mich, sie war 27 Jahre alt und sehr zart gebaut, etwa 50 kg bei einer Größe von 1,70 m. Sie war hübsch aber irgendwie unscheinbar. Keine, die einem sofort ins Auge sticht, wo man sagt: „Mann, ist die sexy!" Sondern eher eine, deren Schönheit man entdeckt, wenn man genauer hinsieht. Sie präsentierte sich uns auch nie aufreizend in Mini-Rock oder Nutten-Schminke, sondern war immer anständig auf Business gekleidet und gerichtet. Aber darunter musste sie einen schönen, zierlichen Körper haben.

Elissa war erst 23 und eine große Frau. Sie war länger als ich, knapp 1,85 m, aber schlank und sexy. Ihre langen, blonden Haare hatte sie immer zu einem Rossschwanz zusammengebunden. Ihre Fingernägel waren lila lackiert. Ihr Tick. Außerdem flirtete sie gerne mit den Kollegen. Wahrscheinlich war es ihre Idee gewesen, besagte Bar aufzusuchen. Optisch gefielen mir beide sehr gut. Fertig gefrühstückt, nun in die Firma und arbeiten.

Der Tag wurde schnell zum Abend und für Peter und mich war klar: Wir würden wieder die Glory Hole Bar aufsuchen. Vielleicht würden Lulu und Elissa ja auch wieder kommen. Der Leo fühlte sich erneut als Außenseiter und kapselte sich ganz ab. Armer Vogel.

Peter und ich wollten kein Risiko eingehen, von unseren beiden Kolleginnen an der Sex-Wand erkannt zu werden, also beschlossen wir, ihnen heimlich zu folgen. Und tatsächlich führte ihr Weg schnurstracks über paar Ecken in besagtes Etablissement. Wir staunten. Und beobachteten sie von draußen. Nach Cocktails verschwanden sie nach hinten. Wir rein und hinterher.

Beide gingen erstmal auf Toilette, was uns die Gelegenheit gab, sie zu überholen. Wir düsten ins Sündenzimmer und eilten hinter die schwarze Wand, wo 4 Plätze belegt, aber die anderen noch frei waren. Nebeneinander steckten wir unsere bereits vor Aufregung halberigierten Glieder durch die Löcher und warteten.

Und da kam vertrautes Kichern und Tuscheln wieder näher. Diesmal gab es keinen Zweifel mehr: Es waren mit hundertprozentiger Sicherheit Elissa und Lulu. Geil! „Schau mal, die beiden sind ja schon wieder da – die haben wohl auf uns gewartet", hörte ich Elissas Stimme leise kichern. „Diesmal tauschen wir, diesmal nimmst Du den Großen", führte sie fort, was bedeutete, dass Tags davor Lulu mich befriedigt hatte. Nun also durfte die zierliche Lulu den langen Schwanz von Peter massieren und blasen.

Ich freute mich auf Elissa. Sie nahm meinen Penis sanft in ihre Hand und wichste ihn vollsteif. Dann begann sie zu blasen. Das konnte sie verdammt gut, denn kurz darauf folgte mein Höhepunkt. Auch Peter wollte erlöst werden und zuckte zu seinem schönsten Moment. Geil war es wieder gewesen, von den Kolleginnen nichtsahnend befriedigt worden zu sein.

Die Ladies verduften genauso schnell wie am Abend zuvor und wir nahmen erneut auf dem Sofa Platz und ließen das Geschehene Revue passieren. Die nächsten Tage waren genauso erfolgreich wie die Abende. Lulu und Elissa wurden ebenso wie Peter und ich zu Stammgästen der Glory Hole Bar.

Jedes Mal folgten wir ihnen vom Restaurant unbemerkt dorthin und überholten sie, während sie auf Toilette waren. Dann bekamen wir unsere Befriedigung und die Girls verschwanden, während wir meistens noch einen zweiten Blowjob anderer Ladies genossen.

Leo war zum Außenseiter geworden, er verbrachte seine Abende allein im Hotel. Als das Projekt erfolgreich abgeschlossen war, flogen wir zurück nach München. Peter arbeitet bis heute für mich. Leo kündigte kurz darauf und suchte sich etwas Neues. Elissa ist mittlerweile eine feste Mitarbeiterin geworden und arbeitet Seite an Seite mit Lulu. Die beiden wissen bis heute nicht, dass sie ihrem Boss mehrfach einen geilen Orgasmus geschenkt haben.

Badminton – Sarah; Doro; Rebecca

Diese 3 One Night Stands sind schon lange her, aber sie waren einfach der Hammer! Ich war 19 und auf dem Weg, mein 1er-Abitur zu machen. Damals gab es noch Unterricht bis in die 13. Klasse – Klassen 11 bis 13 waren die Oberstufe.

Von der 11 zur 12 wechselte ich das Gymnasium, da ich im alten mit einigen Lehrern und deren Leistungen nicht einverstanden war. Und siehe da: Innerhalb nur eines halben Jahres verbesserte sich mein Notenschnitt um sage und schreibe 15 Noten von einem Halbjahresschnitt von 3,8 auf 2,3. Da hatte sich der Wechsel doch gelohnt!

Ich war früher immer ein 2er-Schüler gewesen, aber irgendwie war ich auf 3,8 abgerutscht, weil ich einfach kein Bock mehr hatte und mich alle Lehrer nervten. Das neue Gymnasium war ein reines Mädchen-Gymnasium, das erstmalig nun auch für Jungs die Türen öffnete. Wir waren in der 12.1 knapp 70 Mädchen und 6 Jungs. Geil!

Was glaubt Ihr, wie ich schon damals rumgevögelt habe! Die Girls waren an dieser Schule auch hübscher und geiler. Die Lehrer deutlich jünger, frischer, dynamischer und freundlicher. Hier machte das Arbeiten und Lernen Spaß. So kam ich auch noch auf ein 1er-Abi: 1,8 kann sich sehen lassen, oder?

In der 13.1 bekamen wir eine neue Sportlehrerin, sie hieß Frau Müller, aber für uns war sie die Sarah. Wir durften sie duzen. Wie fast alle Lehrerinnen und Lehrer hier in der Oberstufe. Sarah war 25 Jahre und in ihrem ersten offiziellen Lehrjahr. Sie sah aus wie Heidi Klum mit Mitte 20. Unfassbar schön einfach. Sie war knapp 1,80 m, fast so groß wie ich. Schlank, sexy, trainiert.

Sie war der Traum von uns 5 Jungs im Kurs. Christoph hatte es nicht geschafft und fiel nach der 12 raus. Pech. Sarah war sehr offen uns allen gegenüber, und beliebt. Wir Jungs fantasierten über Sex mit ihr, doch realistisch war das nicht. Sie war als Lehrerin zu weit weg für uns. Außerdem hatte sie einen Freund. Ich war und bin ein Sport-Freak und freute mich immer auf die Doppelstunden. Nicht nur, weil ich Sport liebte.

Sondern auch, weil ich hier die vielen schönen Teenie-Körper meiner Schulkolleginnen bestaunen und angaffen konnte. 22 Mitschülerinnen (von den knapp 70) waren es, die ich in diesen 2 Jahren ins Bett bekam. Die Sarah gab sich stets sportlich und leicht bekleidet, was mir sehr gefiel. Ihre Beine waren lang und schön, ihre Brüste mittelgroß, ihre langen, braunen Haare glitzerten im Rossschwanz.

Sie war Sportlerin durch und durch und spielte immer gerne mit. Im Basketball konnte ich sie immer in die Manndeckung nehmen und gut betatschen, das ging immer durch. Es war Teil dieses körperbetonten Spiels. Sie war eine erstklassige Badminton-Spielerin und Vereinsmeisterin.

Badminton konnte ich auch erstaunlich gut und war mit Abstand der Beste unseres Jahrganges. Sarah motivierte mich, regionale Turniere zu spielen, die ich auch meist gewann oder als Zweiter beendete. Badminton war eine unserer Hauptsportarten, und gerne fetzten Sarah und ich uns die Bälle zu und powerten uns gegenseitig aus.

Eines Nachmittags, als wir fertig waren und alle gingen, sprach sie mich an: „Du, ich nehme demnächst wieder an den Bayerischen Meisterschaften teil, die will ich unbedingt gewinnen. Ich suche noch einen starken Trainingspartner, da meiner zurzeit verletzt ist. Hast Du Lust?" Klar hatte ich!

So kam es, dass wir uns zweimal wöchentlich abends in der Schulsporthalle trafen und gegeneinander spielten. Sarah gewann vorerst alle Matches, aber ich wurde von Mal zu Mal besser, bis ich sie endlich besiegte. Unser Umgang miteinander wurde immer offener und persönlicher. Nach dem Training duschte sie mittlerweile direkt in der Kabine und zog sich hierzu vor meinen Augen schamlos nackt aus, ehe sie in der Duschecke verschwand.

Das konnte ich auch. Eines Abends zog ich mich ebenso nackt aus und duschte einfach mit, ihr gegenüber. Sie betrachtete mich von oben bis unten und lächelte. Ihr Anblick war eine Eins. Mein Penis wurde langsam steif. Ihr Körper war jung und faltenfrei, ihre Möse hatte einen senkrechten, dunkelbraunen Schamhaarstrich zu bieten. Weiter traute ich mich damals aber nicht ran, Lehrerin und so.

Heute wäre das anders, da wäre ich über sie hergefallen. In 8 Wochen waren die letzten Prüfungen und ich war traurig, Sarah dann nicht mehr zu sehen. In 9 Wochen fanden ihre Bayerischen Meisterschaften statt.

Ich lernte fleißig und absolvierte meine finalen Prüfungen sehr erfolgreich. Trainingseinheiten mit Sarah verschärften sich, sie gewann ihre beste Form, aber ich hielt tüchtig dagegen. Mal gewann sie, mal ich. Ich war ihr mehr als ebenbürtig. Im Anschluss durfte ich jedes Mal ihren Traumkörper unter der Dusche bestaunen.

Sie zog bewusst eine heiße Show ab, um mich geil zu machen. Das stand fest. Erotisch räkelte sie sich unter der Brause und präsentierte mir entweder ihren knackigen Hintern oder ihre Top-Brüste mit Frontansicht des Landestreifens. Ich duschte bewusst eiskalt, um mir einen Steifen zu unterbinden.

Als sie einmal ihr Shampoo und Duschgel vergessen hatte, kam sie auf mich zu: „Darf ich Deine benutzen?" „Klar, bedien Dich gerne", lud ich sie ein, Orange-Mango für den Körper und Apfel-Minze für die Haare auszuprobieren. „Iiiiihhh, das ist ja eiskalt!", schrie sie, als sie in meinen Wasserstrahl geriet, und hopste behände 2 Schritte zurück. „Warum duscht Du eiskalt?"

„Weil ich sonst bei Deiner Schönheit hier jedes Mal mit einem Steifen dastehen würde", antwortete ich ihr ehrlich und direkt. „Und das gehört sich doch nicht." Sarah musste laut lachen und stieg wieder unter ihre Dusche. Von der Seite blickte sie mich geil-gierig an. Mehr nicht.

Der letzte Sportunterricht war beendet, schön war die Zeit gewesen. Frau Müller war nicht mehr meine Lehrerin, sondern nur noch meine Spielpartnerin. Noch 2 Trainings-Sessions, dann standen die Meisterschaften in Augsburg an. „Ich würde mich sehr freuen, wenn Du mich begleiten würdest. Zum Einspielen und auch als Trainer.

Du kennst mein Spiel in- und auswendig und wärst mir eine wichtige mentale Stütze", lud sie mich ein, ihr näher zu kommen. „Gerne komme ich mit", lächelte der junge Womanizer. Sarah buchte für mich auf eigene Kosten ein Zimmer im Spielerinnen-Hotel.

Das Turnier dauerte 4 Tage, Mittwoch bis Samstag, Sarah hatte aber noch die Nacht auf Sonntag für uns mitgebucht, da das Finale auf Samstag 20 Uhr angesetzt war und sie hoffte, dieses bestreiten zu dürfen. Dann irgendwann mitternachts nach der Anstrengung heimfahren, nicht ihr Ding.

In der Gruppenphase an Tag 1 musste sie von 3 Spielen 2 gewinnen, um weiterzukommen. Schaffte sie. Sie gewann sogar alle 3. Abends gemütlich plaudern, früh schlafen. An Tag 2 stand spätvormittags das Achtelfinale an. Das gewann sie locker. Das Viertelfinale am späten Nachmittag ging über die volle Distanz, mit Müh und Not zog Sarah ins die Vorschlussrunde ein. Abends ausruhen, Sauna.

Ich genoss den Anblick nicht nur Sarahs Traumkörper, sondern auch derer einer anderer Spielerinnen, die sich diese Entspannung gönnten. Unter ihnen war die 24-jährige Dorothea, die alle nur Doro nannten. Sie war im Viertelfinale gescheitert und blieb mit ihrer Trainerin bis zum Ende des Turniers im Hotel. Ich hatte sie in ihrem Match schon beobachtet, sie war unglaublich sexy auf dem Court … und auch in der Sauna.

Doro hatte dieselbe Statur wie Sarah. Selbe Größe, selbes Gewicht, selbe Titten. Sogar der Schamhaarstrich war identisch, nur, dass Sarahs dunkelbraun war und Doros blond, genauso wie ihre schwedisch aussehenden, langen, blonden Haare. Doro hatte mich auch längst entdeckt und ins Visier genommen. Sie schien großes Interesse an mir zu haben.

Müde verabschiedete sich Sarah ins Bett, ich blieb. Ich suchte mir im Ruheraum 2 Liegen nebeneinander aus, auf der einen nahm ich Platz. 5 Minuten später lag Doro neben mir. Ja, der blonde Hase hatte mich gefunden. Wir kamen schnell ins Gespräch. Doro machte große Augen, als ich ihr erzählte, dass Sara meine ehemalige Lehrerin sei und ich ihr Trainingspartner die letzten Monate über war.

„Und Ihr habt was miteinander …“, grinste mich Doro frech an. „Nein, sie ist, äh, war meine Lehrerin. Da lief nichts. Wir haben nur trainiert zusammen.“ „Das kannst Du Deiner Großmutter erzählen. Die steht doch voll auf Dich.“ „Hey, die hat einen Freund“, konterte ich. „Na und?“, antwortete Doro. „Trotzdem steht sie auf Dich, das sehe ich.“

Wir quatschten weiter übers Badminton, bis ich müde wurde und ihr von meinem Plan, jetzt Richtung Bett zu gehen, erzählte. „Du poppst echt nicht mit ihr", fiel es Dorothea wie Schuppen von den Augen. „Nein, habe ich Dir doch gesagt", bestätigte ich. „Dann bist Du also noch frei?"

„Wie meinst Du das?", wurde ich neugierig. „Du solltest mich trösten ob meiner Niederlage heute. Ich könnte Gesellschaft jetzt gut brauchen." Dabei zwinkerte sie mir süß zu. Ich wusste, was das beutete: Eine Einladung auf einen Fick.

„Ich tröste Dich gerne mit einer schönen Relax-Massage, wenn Du magst", schlug ich ihr vor. „Au ja, das wäre toll!", sprang sie auf und zog mich regelrecht hinterher. 4 Minuten später waren wir in ihrem Zimmer angekommen. Ihr Bademantel fiel zuerst. Was sich darunter befand, kannte ich ja schon, vom Sehen. Nun durfte ich es auch spüren.

Doro lag auf dem Bauch und präsentierte mir ihre volle Schönheit. Eine perfekte Silhouette befand sich vor mir. Wie konnte dieser traumhafte Körper einem anderen nur in irgendetwas unterlegen sein, fragte ich mich. Arme Maus, ihre Niederlage auf dem Court wandelte ich in einen Sieg im Bett um.

Mit duftender Body-Lotion cremte ich Doros Rückseite sanft und gleichzeitig sportlich ein und knetete sie gut durch. Dorothea stöhnte dabei leise vor sich hin, und immer wieder huschte ein zartes „Ist das schön" oder ein „Oh ja, das tut gut" aus ihrem Mund. Ich gab mir große Mühe, ihr ein erstklassiges Massageerlebnis zu bereiten.

Nun waren ihr Po und ihre Oberschenkel dran. Bereitwillig öffnete Doro ihre Beine. Ich verwöhnte jeden Millimeter ihrer schönen Haut, bis ich gefährlich nahe an ihre wichtigen Öffnungen kam. Als ich ihr über ihren After fuhr, atmete sie fast das Bett weg. Ein wenig tiefer, jetzt spürte ich ihre Schamlippen. Das Bett hob fast ab.

Ihre Hände waren mittlerweile ins Kissen gekrallt. Ich ließ mir alle Zeit der Welt, um sie und mich wahnsinnig zu machen. Endlich drehte sie sich voller Gier um und strahlte mich an. „Jetzt vorne!" Ich gehorchte und wanderte von ihrem Hals tiefer zu ihren erstklassigen Brüsten. Selbiges schweres Geatme wie zuvor.

Tiefer über ihren Bauch und die Hüften hin zu ihren Oberschenkeln. Ihre Hände krallten sich nun am Laken fest. Dann strich ich ihr sanft den Venushügel entlang und landete voll auf dem Strich. Nun waren alle Dämme gebrochen und sie zog mich zu sich herab.

Doro küsste gut und geil. Ganz lange, langsame, dafür aber krass intensive Küsse hatte sie drauf. Mein Penis drückte hart in ihren trainierten Bauch hinein. Ich war mächtig erregt und durfte gleich richtig ran, denn schon hielt sie mir ein Gummi vor die Nase. Sie zog es mir rasch über und zog mir noch einen vibrierenden Penisring auf den Penis.

Kannte ich damals mit 19 noch nicht, war aber geil. Also los: Ich fickte Doro hart und beherzt, in meinem jugendlichen Elan. Sie war Sportlerin durch und durch und wollte auch hier volle Power gehen. Die bekam sie von mir. Von vorne, von hinten, von der Seite. Ich rammelte mir mächtig einen ab, bis ich nervös wurde.

Das spürte sie und drückte mich weg. „Runter mit dem Ding", zog sie mir das weißgenoppte Kondom aus und wollte, dass ich mich hinstelle. Ich gehorchte ihrem Befehl. Sie kniete sich vor mich und nahm ihn endlich in den Mund. Ein genialer Blowjob, der allerdings nicht länger als 60 Sekunden dauerte, brachte es zu Ende. Als ich kam, zog sie ihn aus ihrem Mund raus und wichste alles auf ihre Brüste.

Ich jubelte vor Glück und betrachtete alles ganz genau. Nach den ganzen Anstrengungen musste ich mich erst mal ausruhen. „Jetzt massiere ich Dich", grinste sie und gab mir eine entspannende Verwöhn-Massage. Ihre Hände waren kräftig und schenkten mir wohlige Momente. Sie nahm sich viel Zeit für meine Rückseite, doch als ich mich umdrehen sollte, stand er schon wieder wie der Eifelturm.

Dorothea gefiel das sehr. Diesmal stand nicht Ficken auf dem Programm, auch nicht Blasen, sondern ein guter, alter Handjob. Dieser war brutal genial! Sie räkelte sich vor mir auf und ab, während sie zuerst ganz langsam meine Vorhaut und Eier liebkoste, dann endlich ins Wichsen kam. Dieser Handjob war allererste Sahne. Dorothea war eine Handjob-Expertin. Sie zögerte meinen Orgasmus ganze 20 Minuten hinaus.

Doch dann kam ich ungeheuerlich. Meine Sahne schoss hoch hinaus und entlockte Doro mehrere „Ui"s. Dabei grinste sie wie ein Honigkuchenpferd. Erschöpft und glücklich schlief ich mit ihr im Arm ein.

Am nächsten Morgen frühstückte ich mit Sarah zusammen. „Wo warst Du gestern Nacht eigentlich?", fragte sie mich. „Warum?", fragte ich zurück. „Weil Du nicht auf Deinem Zimmer warst, ich habe mehrfach geklopft bei Dir." „Ich habe eine heiße Nacht mit Dorothea verbracht", antwortete ich ihr ehrlich. „Aha", schluckte sie, „schade, denn eigentlich wollte ich die Nacht mit Dir verbringen."

Sarah war genauso ehrlich wie ich. Wahnsinn. „Reservierst Du heute Nacht für mich?" Schoss es noch ehrlicher aus ihr heraus. „Klar, sehr gerne, Sarah." So ein Luder! Zuhause in einer festen Beziehung stecken und dann mit ihrem ehemaligen Schüler poppen wollen. So sind Frauen halt. Aber sollte mir recht sein, dann würde sich dieser Traum von mir auch erfüllen.

„Seitdem wir zusammen trainieren, träume ich davon", flüsterte ich ihr zu. „Wovon?" „Sex mit Dir zu haben." Sie freute sie wie Helene. „Ja, das habe ich schon gemerkt, Deine Blicke waren eindeutig. Allerdings, und das muss ich zugeben, träume ich ebenso davon. Sogar schon seit den ersten Sportstunden." Wow!

Ja, das waren die Anfänge des Womanizers, schon mit 19 lagen mir die Frauen zu Füßen. Danke, Vater, für diese fantastische Genetik! Die Sarah flirtete nun offensiv mit mir, doch meinte, unser Erlebnis müsse noch warten, da zuerst ihr wichtiges Halbfinale zu regeln sei. Wir trainierten 2 Einheiten, relaxten zwischendurch, sie schlief noch 2 Stunden, ich fickte derweil Doro ein letztes Mal, dann stand um 18 Uhr endlich Sarahs wichtiges Spiel an.

Hochmotiviert und in körperlicher Topform startete sie voll durch und lag schnell vorne. Doch ihre Gegnerin, eine Laticia, war stark und fightete zurück. Mit ihrer Routine konnte Sarah dann doch die besseren Bälle spielen und bezwang ihre Opponentin im entscheidenden Satz. Jubel, Finale! Sarah war überglücklich und umarmte mich fest. Nach dem Essen nochmal kurz in den Relax-Pool mit Sauna, dann in ihr Zimmer.

Endlich war der Moment gekommen, meine Ex-Lehrerin zu vögeln. Nackt stolzierte sie auf mich zu und riss mir meinen Bademantel vom Leib. Dann fickten wir uns dumm und dämlich. Das war Sex pur. Leidenschaft. Ekstase.

Die Sarah war sexuell sehr erfahren und zeigte mir alle Varianten der Fick-Kunst. Im Rausch fickte ich sie, fickte sie mich, fickten wir uns gegenseitig. Ich war eine Maschine und so im Tunnel, dass ich meinen Orgasmus zurückhalten konnte, da ich mich voll auf den Fick konzentrierte. Sarah war laut und stürmisch, ja, so brauchte sie es.

Ich knallte ihre Pussy hart durch und nahm sie männlich ran. Das gefiel ihr. Ihre hellbraunen Haare wehten durch den Raum, die Luft roch nach Moschus und unser Schweiß tropfte aufs Bett. Im Stehen, im Liegen, im Sitzen, von vorne, von hinten – über 1 Stunde lang machten wir einfach alles miteinander. Irgendwann musste ich einfach kommen.

Ich wollte, dass sie mich dabei ritt, also begaben wir uns in die finale, die Reiterposition. Sarahs Körper auf mir war so wunderschön, die Sinnlichkeit spritzte aus ihren Augen. Vereint ritt sie mich, bis ich schreiend ausstöhnte und mein Sperma ins bearbeitete Kondom abschoss. Es war eine Erlösung sondergleichen.

Sarah ritt aus und legte sich dann auf mich. Erschöpft und alle atmeten wir uns 10 Minuten lang gegenseitig an, bis wir wieder zu Wort kamen. „Erstaunlich, welche Energie noch in Dir steckt nach dem harten Match heute", lobte ich sie. „Ja, das war ein geiler Fick, unfassbar gut. Mit meinem Freund geht das nicht mehr, der ist immer müde am Abend."

So ein Schlappschwanz, dachte ich, arme Sarah. „Und, wie war´s für Dich?", wollte sie wissen. „So geil, dass ich heute Nacht nochmal will", antwortete ich. Sie grinste. Sie streichelte gefühlte stundenlang sanft und liebevoll meinen schönen Körper, bis er wieder vollsteif war.

„Jetzt verwöhne ich Dich mal", hauchte sie mir ins Ohr und nahm ihn in den Mund. Meine Ex-Lehrerin konnte genauso gut blasen wie ficken. Ihre schönen Lippen passten perfekt um meinen jugendlichen Dong und saugten ihn geil. „Darf ich das filmen?", fragte ich sie plötzlich.

„Als Erinnerung für mich." Sarah zögerte, doch als Dankeschön für mein wöchentliches Training und meine Bemühungen, wie ich es ihr als Entscheidungshilfe verklickerte, musste sie einfach Ja sagen.

„Okay, Du darfst", aber versprich mir, dass Du damit keinen Schabernack treibst. Ich habe einen Job und eine Beziehung zu verlieren." „Ich weiß, Sarah, aber Du kannst Dich hundertprozentig auf mich verlassen. Ich verspreche es. Es ist nur für mich, als wunderschöne Erinnerung an diesen geilen Abend mit Dir."

Ich zückte meine Digitalkamera, die ich immer dabei hatte und immer noch habe, und drückte auf Rekord. Aus der POV-Perspektive (POV = point of view) sind solche Aufnahmen am geilsten. Sarah sah auf dem Kamerabildschirm aus wie eine Göttin. Hey, sie war eine Göttin! Ihr gefiel das Kameraspiel, sie ließ sich bewusst Zeit mit dem Job und kokettierte mit der Linse. Echt Porno.

Als ich nervöser wurde, fragte sie mich: „Wie magst Du kommen?" „In Deinen Mund. So, dass der erste Spritzer in Dienen Mund geht. Dann machst Du mit der Hand weiter und züngelst an der Eichel herum. Nach dem 6. oder 7. Spritzer nimmst Du ihn wieder in den Mund und lutscht schön zu Ende. Das ist für so eine Aufnahme am geilsten."

Meine klaren Anweisungen entlockten ihr einen überraschten Blick, doch sie war gewillt, alles genau so zu erledigen, damit ich glücklich war. 1:1 finishte sie mich so, wie ich es vorgegeben hatte: Ihr Mund blies unglaublich gut, dann kam ich. Geil machte sie mit der Hand weiter, während mein Samen hoch hinaus flog und sie im Gesicht erwischte.

Dann lutschte sie brav weiter und schaute dabei hocherotisch in die Kamera. Ihre Hand um meinen Penis sah richtig groß aus, war sie ja auch, sie hatte lange Finger, und mein Penis sah darin eher wie 11 cm statt wie die tatsächlichen 15 cm aus. Als ich leer war, stoppte ich die Aufnahme. „Lass mal sehen", forderte sie ihr Recht auf Beobachtungsfreiheit ein. So schauten wir gemeinsam den Hobby-Porno. Dabei wurde Sarah so geil, dass sie meine Hand in ihren Schoss presste und mit mir ihre Klitoris rubbelte.

Gebannt schaute sie sich selbst beim geilen Blowjob zu und rubbelte immer wilder. Mein Zeigefinger war fast schon in ihr drin, so quetschte sie ihn an und in ihre Clit hinein. Kreischend kam sie. Aber sie hatte noch nicht genug. „Mach weiter!", bettelte sie mich an. Während sie weiterschaute, rutschte ich runter und schmeckte Sarahs Pussy-Saft.

Schon damals war ich ein sehr guter Lecker und züngelte sie in eine andere Welt. Ich hatte sie kurz vor dem erneuten Beben, wollte ihr dieses aber genau dann schenken, wenn ich in ihren Mund kam. Als ich mich auf der Kamera stöhnen hörte, leckte ich sie innerhalb von 10 Sekunden über die Grenze zu einem Wahnsinns-Höhepunkt.

Sarahs Körper bäumte sich auf, doch ich ließ mich nicht abschütteln und leckte sie konsequent zu Ende. „Wie geil war das!", kuschelte sie sich an mich und wir schliefen kurz drauf ein. Am nächsten Morgen ritt sie mich und sich wach. Danach frühstücken, trainieren, erholen. Ich massierte sie zu 2 handgemachten plus 2 mundgemachten Orgasmen. Sie blies mich zu einem mund- und handgemachten Highlight.

Dann nochmal Training und etwas essen, kurz relaxen, dann noch eine letzte Trainingseinheit. Nun war es soweit: Das Finale stand an! Sarah hatte es mit Rebecca H. Franziskaner zu tun, der amtierenden Bayerischen Meisterin und somit Titelverteidigerin. Ihrer Angstgegnerin. Aus 5 Duellen hatte sie bisher alle verloren.

Aber nun musste sie diese H. schlagen. Diese Rebecca war bärenstark und spielte sogar eine Klasse besser als ich, die hätte mich sicher vom Platz gefegt. Schnell lag sie 2:0 Sätze vorn, doch dann startete meine Sarah eine krasse Aufholjagd. Vielleicht lag es daran, dass ich ihr in der Pause eine einstündige sinnliche Massage mit abschließendem Mundharmonikaspiel in Aussicht stellte, sollte sie doch noch gewinnen.

Sarah gab alles und zwang Rebecca tatsächlich in die Knie. Die Championesse hatte sich allerdings am Knie verletzt und konnte nicht mehr alles geben, der letzte Schritt fehlte ihr. Glück für Sarah. So konnte sie einen Entscheidungssatz erzwingen und holte sich diesen auch noch relativ mühelos hinten raus.

Somit war das Projekt „Gewinn der Bayerischen Meisterschaften" erfolgreich abgeschlossen. Ich gratulierte Sarah und ließ sie hochleben. Sie jubelte, als wäre sie Weltmeisterin geworden und konnte ihr Glück kaum fassen.

„Danke für alles!", schmatzte sie mir das Hirn aus dem Körper, als wir nach der Siegerehrung alleine auf ihrem Zimmer waren. „Jetzt lass uns noch feiern gehen!" Sweet Sarah machte sich hübsch, und unten lief schon die Players Party. Alle Teilnehmerinnen, die noch anwesend waren, hatten sich schick gemacht und tanzten mit ihren Trainern, Partnern oder alleine glücklich durch den Raum. Und Alkohol floss. Viel Alk!

Sarah hatte vor sich zu betrinken, durfte sie ja jetzt auch nach der sportlichen Glanzleistung. Sie schüttete sich regelrecht zu. Währenddessen tanzte sie ausgelassen mit mir und mit anderen. Als ich mich vom Mitternachtsbüffet bediente, sprach mich plötzlich die Verliererin, Rebecca H., an. Ich erfuhr, dass das H. für Hermine steht.

„Herzlichen Glückwunsch zu Eurer Top-Leistung", gratulierte sie mir, „die Sarah hat heute echt fantastisch gespielt." „Ja, hat sie", dankte ich ihr und fragte sie nach ihrem Knie. „Ich habe mir das irgendwie im dritten Satz verdreht, tut sehr weh. Ich habe noch alles probiert, aber die Schmerzen waren groß und ich konnte nicht mehr volle Power spielen. Sonst hätte ich sie geschlagen."

„Ich weiß", nickte ich, „ich habe gesehen, wie gut Du bist, und ich denke auch, dass Du die Sarah heute geschlagen hättest, so wie das Spiel lief. Tut mir leid für Dein Knie und die Niederlage." „Nicht so schlimm", meinte Rebecca, „dafür hole ich mir den Titel nächstes Jahr zurück."

Rebecca war Anti-Alkoholikerin, trank nur Apfelschorle und war entsprechend frisch noch im Kopf. Die arme Sarah war derweil schon sehr beschwipst und torkelte auf der Tanzfläche ausgelassen hin und her. Rebecca hatte ein klares Ziel an diesem Abend: Mich. Sie wollte mehr über mich wissen und machte mir schöne Augen und Beine.

Die hatte sie auch: Sie war etwa 1,75 m groß und hatte einen sportlichen Body. Ihre pinken Haare trug sie schulterlang, ein frecher Seitenscheitel war es, der mir gefiel.

Selbst ihre Augenbrauen waren pink eingefärbt. Ihre Schamhaare etwa auch? Ihr bauchfreies Shirt präsentierte mir einen perfekten Bauchnabel und gut trainierten Bauch. Ihr kurzer Rock zeigte wunderschöne Beine und offenbarte einen Knackarsch. „Bist Du mir Sarah zusammen, ihr neuer Freund?", wollte Rebecca von mir wissen.

„Nein, ich bin ihr ehemaliger Schüler, sie war meine Sportlehrerin, und ich habe mit ihr trainiert die letzten Wochen für dieses Turnier. Ich spiele in etwa gleich gut wie sie." „Ist ja interessant", murmelte Rebecca. „Was hältst Du mal von einem Match?" „Gerne", nickte ich, „ich stehe Dir zur Verfügung." Ich wollte Rebecca genauso wie sie mich, das verrieten unsere Blicke, doch das konnte ich Sarah nicht antun. H. und ich tauschten Handynummern aus und ich trug Sarah aufs Zimmer, bevor es zu spät war.

Äußerst angeheitert und gut gelaunt wollte diese nun Sex von mir. Leider war sie nicht mehr zu so viel fähig, also fickte ich sie. Da sie kaum noch wusste, wo oben und unten ist, filmte ich den Fick, ohne dass sie es bemerkte. Meine Kamera stand seitlich zum Bett und fing alles genau ein. Ich fickte Sarah wieder hart und wild, ganze 20 Minuten lang tobte ich mich an ihrem wehrlosen Körper aus.

Sie wurde richtig durchgeschüttelt von mir, was ihr aber gefiel. Als ich kam, riss ich mir das Kondom runter und wichste alles in ihr Gesicht. Satyromanie nennt man klinisch die Befriedigung des Mannes, wenn er einer Frau ins Gesicht kommt und damit ein erhabenes Gefühl über sie verspürt. Eine Demütigung.

Ich bin kein Satyromane, da ich keine Frau der Welt demütigen will, aber geil ist es trotzdem, einer bildschönen, wehrlosen Frau ins Gesicht zu spritzen. Sarah ließ es sich geil gefallen und leckte sich mein Sperma in den Mund.

Diese Fick-Aufnahme ist bis heute eine meiner besten. Ich als 19-Jähriger ficke meine 25-jährige Ex-Lehrerin fast bewusstlos und komme ihr mit einer unfassbaren Spermamenge ins Gesicht. Ohne Worte. Als ich aus dem Bad kam, schlief sie bereits. Ich schlief mit. Am nächsten Morgen dröhnte ihr der Kopf, aber es reichte für einen Bilderbuch-Blowjob zum Abschied. Danke, Sarah, für die tolle gemeinsame Zeit!

2 Wochen später erhielt ich eine SMS von Rebecca Hermine: „Hey Du, mein Knie ist wieder heil. Hast Du Lust und Zeit für unser Match?" „Selbstverständlich", antwortete ich der Zweiten, „wann und wo?" „Bei mir in Passau, passt für Dich?"

Ich informierte mich: Passau ist eine Universitätsstadt in Ostbayern, direkt an der Grenze Österreichs sowie am Zusammenfluss von Donau, Inn und Ilz. Etwa 50.000 Einwohner. Das Dreiländereck wollte ich mir schon immer mal anschauen, also rief ich Rebecca an und bot ihr Folgendes an:

Passau ist knapp 2 Stunden von München. Extra hin und her an einem Tag ist mir zu stressig. Ich wollte mir das Dreiländereck sowieso schon immer mal anschauen. Ich schlage vor: Ich komme an einem Freitagabend, wir gehen etwas Gutes essen. Am Samstag spielen wir unser Match und danach zeigst Du mir Passau. Am Sonntag, wenn Du magst, können wir eine Revanche spielen, und am Abend fahre ich dann zurück."

„Das klingt nach einem sehr guten Plan", kicherte Rebecca. „Stellt sich nur die Frage, wo ich schlafen kann. Kennst Du günstige Pensionen in Passau?" „Nein, aber ich kenne ein schönes Hotel in Passau." „Wie teuer ist dort die Nacht?" „Einzelzimmer ab 110 Euro." Ich lachte: „Das ist mir viel zu teuer, nein danke."

„Ist überhaupt nicht teuer, da es Dich nichts kostet. Das Hotel gehört meinem Vater. Ein Anruf von mir genügt, und Du bekommst ein Zimmer frei Haus." „Echt, das machst Du für mich?" „Klar, dafür dass Du extra anreist, kann ich doch auch etwas tun." „Klingt gut", bestätigte ich und wartete auf ihr Bescheid.

5 Minuten später klingelte es erneut und Rebecca bestätigte mir tatsächlich mein kostenfreies Hotelzimmer im „Dormeros". Ich freute mich riesig auf das bevorstehende Wochenende in Passau und war mir sicher, dass es mit Rebecca nicht nur um Badminton gehen wird. Freitagnachmittag fuhr ich mit meinem Gepäck los und erreichte 3 Stunden später Passau, der nervige Stau war echt doof. Ich checkte im Dormeros ein und rief Rebecca an, wir verabredeten uns für 19:30 Uhr an der Rezeption. Bildhübsch im Abendkleid holte sie mich ab und führte mich zu ihren Lieblings-Inder.

Mein Banana Chicken schmeckte mir genauso gut wie ihr ihr Mango Chicken. Rebecca H. erzählte mir aus ihrem Leben: Sie war 22 Jahre alt und studierte Zahnmedizin. Dreifache Bayerische Jugendmeisterin im Badminton und zweifache in der Damenriege. Dazu zahlreiche regionale Turniersiege.

Einen festen Freund hatte sie nicht. „Keine Zeit und keine Lust", meinte sie, „Studium und Freiheit gehen mir vor." Wir flirteten anständig unanständig und bereiteten uns auf mehr vor. „Du weißt, auf was das Ganze hinauslaufen wird", flüsterte mir Rebecca zu, aber einfach so wird das nicht gehen." „Wie meinst Du das?", fragte ich verunsichert.

„Na, Sex und so", fuhr sie fort. „Wenn Du mit mir Sex haben möchtest, musst Du den Dir erst verdienen." „Aha, und wie?", rollte ich mit den Augen. „Indem Du mich auf dem blauen Court besiegst." „Aber wir spielen doch erst morgen", blickte ich sie traurig an. „Tja, da müssen wir beide nun durch, aber das ist der Kick, den ich brauche. Ist doch viel geiler, so etwas noch ein wenig hinauszuzögern."

Ich musste mich damit abfinden, meine erste Passauer Nacht alleine zu schlafen. „Also wenn ich Dich besiege, dann hast Du Sex mit mir." Fasste ich den Deal zusammen. „Ja", nickte sie fleißig. „Gut, aber was ist, wenn ich verliere? Gibt es dann keinen Sex?" „Wenn ich gewinne, habe ich zur Belohnung Sex mit Dir."

Moment mal, etwas verwirrend. Kurz nachdenken. Aha! Eine Wette, bei der es keinen Verlierer gibt. Geil! „Also egal, wer morgen gewinnt, wir haben auf jeden Fall Sex zusammen danach", jubelte ich. „So soll es sein", grinste mich die Hermine verführerisch an. „Bekomme ich dann heute als Einstimmung darauf wenigstens einen Blowjob?", fragte ich frech.

„Nein, aber eine Massage, wenn Du willst." „Ja, ja, will ich!" „Gut, sollst Du bekommen, aber mehr dann erst morgen." Ich freute mich auf die Massage sehr, schlürfte mein Lassi aus und sah zu, wie Rebecca alles zahlte. Dann fuhr sie mich zurück zum Hotel, wo ich ihr mein Zimmer zeigte. Ich duschte und legte mich – mit Handtuch bekleidet – aufs Bett. Die Rebecca streifte sich ihr Abendkleid ab und hatte darunter pinkfarbene Unterwäsche. Pink war wohl ihre Lieblinksfarbe.

Pinke Haare, pinke Augenbrauen, pinker Lippenstift, pinke Fingernägel, pinker BH und einer pinker String. Ach ja, und unten pink lackierte Zehennägel.

„Hast Du auch pinke Schamhaare?", schoss es unüberlegt und wissbegierig aus mir heraus. „Zeig mal." „Nicht heute, mehr erst morgen", beschwichtigte sie mich und startete mit der Massage. Dafür nutzte sie die hoteleigene Body-Kokos-Creme. Ihre Hände fühlten sich wunderbar an meinem Körper an.

Sie hockte sich über meinen Rücken und massierte und bearbeitete diesen nahezu professionell. Ich genoss. „Soll ich auch Deinen Po massieren?" „Klar", juchzte ich und entfernte mir selbst mit einem Zug das Handtuch. Rebecca massierte meinen Po und meine Oberschenkel. „Du hast einen top trainierten, sehr schönen Körper", lobte sie mich. „Warte mal, bis Du die Vorderseite siehst", lockte ich sie.

Ich wartete darauf, dass sie mir von hinten zwischen die Beine griff und meine Eier berührte, doch das tat sie nicht. Warum nicht?! Nach 30 Minuten meinte sie: „Umdrehen, bitte." Das ließ ich mir nicht zweimal sagen. Schon lag ich auf dem Rücken und präsentierte ihr meine ganze jugendliche, damals 19-jährige Schönheit. Mein Penis stand enorm hoch und steif.

Sie schaute mir tief in die Augen und lächelte: „Alter, Du hast aber einen echt schönen Penis, auf den freue ich mich schon." Kräftig und gekonnt massierte sie meine Vorderseite, Brust, Bauch, Hüfte, Ober- und Unterschenkel. Sie fuhr immer wieder haarscharf an meinem Dick vorbei, ohne ihn zu berühren.

Das machte mich wahnsinnig. „Greif endlich zu", drängelte ich sie. „Morgen", antwortete sie wieder nüchtern. „Heute ist lediglich anheizen angesagt." Ich war glücklich und verzweifelt zugleich. Selten hatte ich mich so auf einen Fick gefreut und gleichzeitig bei einer Massage so gelitten. Rebecca aber spielte bewusst mit mir und beendete tatsächlich nach einer gesamten Stunde ihre Massage, ohne mir Erleichterung verschafft zu haben.

„Hey, ich weiß, dass das nicht einfach für Dich ist, ist es für mich auch nicht, glaube mir. Aber dafür wird es morgen umso intensiver, vertraue mir.

Und hol Dir ja keinen runter mehr heute oder morgen Früh, lass den Druck stehen, ich will Dich ganz intensiv spüren."

Diese dreckigen Worte halfen mir leider gar nicht. Nach einem Abschiedskuss auf den Mund verließ sie mich. In dem Moment, als die Tür zuging und sie draußen war, musste ich mich erleichtern. Ich spritzte nach 2 Minuten mächtig ab. Endlich! Am nächsten Morgen besuchte mich Rebecca zum späten Frühstück im Hotel. Danach gingen wir ein wenig an der Donau spazieren und unterhielten uns prima. „Und, hast Du denn gut geschlafen?", fragte sie mich.

„Ja, danke." „Bist Du Deine Erektion noch losgeworden?" Sehr direkte Frage. „Ja, ich habe mich erleichtert. Ging nicht anders, sorry." Noch direktere Antwort. „Hey, ich hatte Dich doch extra gebeten, geladen zu bleiben", raunzte sie mich an.

„Hey", raunzte ich zurück, „Du kannst nicht einen Kerl halbnackt massieren und immer haarscharf am Ständer vorbeifahren, dabei mit Deinen Reizen spielen und ihn unendlich geil machen. Das hält kein Mann der Welt aus, bei Deiner Erotik."

Das schmeichelte ihr sehr. „Keine Sorge, ich werde die Spannung im Spiel wieder aufbauen und er wird knüppelhart für Dich danach sein." „Apropos Spiel, ich habe für 15 Uhr reserviert, 2 volle Stunden gehört der Court uns. Passt, oder?" „Jawohl", bestätigte ich ihr unser Date. Sie zeigte mir noch ein paar Sehenswürdigkeiten, an denen wir vorbeiliefen, dann packte sie mich mit ein und wir fuhren zum Sportpark.

Nach 20 Minuten Aufwärmen waren wir beide soweit und spielten uns ein. Rebecca ging schon mächtig drauf und knallte mir den Ball mehrfach mitten auf den Körper. Respekt wollte sie sich so erarbeiten. Gelang ihr auch. Sie konnte hart zuschlagen, aber auch sehr präzise, genau auf die Linien.

„Los geht's", startete sie, „Du darfst beginnen. Wer am Schluss die meisten Sätze gewonnen hat, ist der Champ. Ehe ich mich versah, war der erste Satz schon weg. Der zweite war aber meiner. So ging es hin und her. Am Schluss stand es 5:5 Sätze. „Unentschieden", strahlte sie, „ich hätte nicht gedacht, dass Du so gut mithalten kannst auf diesem Top-Niveau." „Ich dachte eigentlich, ich würde gewinnen", konterte ich.

Sie schubste mich spielerisch und wir gingen an die Bar, um einen Vitamin-Drink zu genießen. Das Spiel war anstrengend gewesen und hatte mir alles abverlangt. Wir waren beide komplett durchschwitzt. „Komm, lass uns noch in die Sauna gehen, relaxen", forderte sie mich auf. „Pinke Schamhaare oder nicht", war die einzige Frage, die ich mir in diesem Moment innerlich stellte. Neugierig duschte ich und traf mich mit ihr vor den Saunen.

„In welche Sauna magst Du?", zeigte sie auf gleich 4. Ich schaute mich um: „Citrus!" Außer uns war gerade keiner da. Rebecca H. drehte sich um, sie stand nun direkt vor mir. Ein schneller Kuss auf den Mund, dann schob sie ihr Handtuch langsam und reizvoll beiseite. Ich schaute ganz genau hin: Und tatsächlich kamen da pink gefärbte Schamhaare zum Vorschein. Wie geil! Die pinke Lady, sie war es wirklich!

Ein Büschel pinker Schamhaare offenbarte sich, direkt am Anfang der Schamlippen, nett zurechtgetrimmt, sehr sexy in Form und Ausstrahlung. Da stand sie nun nackt vor mir mit ihren pinken Haaren, ihren pinken Augenbrauen, ihren pinken Fingernägeln, ihren pinken Schamhaaren und ihren pinken Zehennägeln. Ich glotzte geil.

„Und, gefalle ich Dir?", strahlte sie mich an. „Du bist sowas von heiß", hechelte ich und hätte sie am liebsten an Ort und Stelle vernascht, doch das musste immer noch warten. Hinein in die Sauna. Wir schwitzten gut und ich törnte mich bei ihrem sexy Anblick weiter an. Obwohl 2 wirklich hübsche, junge Frauen ebenso die Sauna betraten, hatte ich weiter nur Augen für Hermine.

Nach kurzer Erholungsphase ging es in Saunarunde 2. Dann duschten wir uns frisch und fuhren erneut zu ihrem Inder, der ebenso köstlich mundete wie am Abend davor. „Ich bin schon mächtig heiß auf Dich", flüsterte mir die 22-Jährige ins rechte Ohr. „Ich auch auf Dich", ich ihr in ihr linkes. Diesmal zahlte ich und sie brachte uns ins Hotel. Im Zimmer angekommen, stand nun endlich Sex an.

Schnell lagen wir beide nackt auf dem großen Bett und kamen in Fahrt. Ich leckte Rebeccas Pussy nass. Noch nie zuvor hatte ich pinke Schamhaare im Gesicht, eine geile Erfahrung.

Die Süße lag da und genoss es sehr, wie ich ihre Schamlippen knetete und ihre Klitoris mit meiner Zunge verwöhnte.

„Weiter links, noch weiter, ja, genau", kommandierte sie mich in die für sie exakte Position und wartete ab, bis sie kam. Sie kam heftig und schrie so laut wie bei ihrem Satz-Jubel. Ihre pinke Fotze flutete gut durch, doch ich blieb dran und leckte weiter. Schon damals wusste ich, dass die meisten Frauen Multi-Kommerinnen sind.

Manche wussten das nicht mal von sich selbst, denen musste ich es beibringen. Gewusst wie! Rebecca liebte meine Zungenspiele und ließ sich gehen. Sie kam in den nächsten 15 Minuten noch erstaunliche fünfmal. Als sie genug hatte, zog sie mich hoch und küsste mich 10 Minuten lang mit Zunge Danke.

Mein Penis war dauersteif und zuckte vor Freude, als sie ihn endlich berührte. Mit unglaublicher Sensualität streichelte sie ihn. Ganz langsam und zart, während wir knutschten. Das alles war zu viel für mich: Ohne Vorwarnung sprühte es aus mir heraus und kleckerte alles voll. Dabei hatte sie nicht mal gewichst, einfach nur gestreichelt.

Rebecca schaute kurz auf, sah mich kommen, küsste mich weiter und streichelte meinen Kong langsam und sanft weiter. So war ich noch nie gekommen, nur durch Streicheln. Eine Novität. Als ich alle war, schaute sie mich an und meinte: „Na, Du bist mir ja einer. Ich wollte so gern jetzt mit Dir schlafen, und Du verschießt Deine Ladung nur durch ein bisschen Berührung."

„Das liegt an Dir", gab ich liebevoll zurück, „ich konnte mich nicht mehr beherrschen, so geil ist das mit Dir. Aber keine Sorge: Gleich schlafe ich mit Dir. Gib mir 20 Minuten, Babe." Diese 20 Minuten wurde geknutscht. Und zwar so intensiv, dass ich schon nach 10 Minuten wieder einen Steifen zwischen den Beinen hatte.

„Jetzt aber", grinste ich und bekam ein Noppenpräservativ gereicht, das ich mir fachmännisch überzog. „Wie willst Du es?", fragte ich. „Wie willst Du es?", sie zurück. „Ich bin noch nie von einer pink-haarigen Pussy geritten worden, also will ich genau das", strahlte ich und sah zu, wie sie elegant-sexy auf mir Platz nahm.

„Falsch herum!", rief ich, denn sie hatte mir den Arsch zuge-
wandt. Rückwärts reiten ist zwar auch geil, aber ich wollte sie
vorwärts haben. „Ich will doch sehen", stöhnte ich.

Schwupps, saß sie richtig herum auf mir und begann zu
reiten. Mein Penis verschwand in ihrer pinkfarbig geschmück-
ten Lustgrotte komplett. Stolze 15 cm. Ja, Rebecca war tief und
gleichzeitig eng, so liebe ich es!

Nun begann ihre Show: Lasziv ritt sie mich an den Ran-
de des Wahnsinns. Ganz langsam und intensiv. Sie zelebrierte
jede Sekunde dieses Zusammenkommens. Und es sollte ein
wahres Zusammenkommen werden, denn nach 10 Minuten erlebten wir absolut synchron unsere Orgasmen. Selten, so etwas,
aber absolut geil!

Es war eine fantastische Vereinigung, die wir da geleis-
tet hatten. Glücklich rollte sie sich runter von mir und fiel auf
mich drauf. Fast schlug sie mir dabei die Zähne aus. Stattdessen
küsste sie diese und alles andere, was sich in meinem Mund befand. In meinem Arm schlief sie ein.

Am nächsten Morgen wachten wir um 8:30 Uhr auf.
Hunger hatten wir, aber davor stand Sex an. „Diesmal möchte
ich, dass Du mich fickst", forderte sie und legte sich nach Mor-
gen-Toilette und Zähneputzen empfangend und beinbreit hin.
Gummi rauf, rein damit. Rebecca fühlte sich auch in dieser Position klasse an. Ihre Brüste standen mir fest und jung entgegen,
ihre Augen waren geschlossen, ihre Beine um meine Hüften ge-
drückt. Ebenso langsam, wie sie mich gefickt hatte, fickte ich
sie nun als Missionar.

Ich wollte zwar immer schneller, sie wollte das auch,
aber ganz bewusst blieb ich bei diesem langsamen, sinnlichen
Rhythmus. Es reichte, um mich nach 20 intensiven Sex-Minu-
ten zum Orgasmus zu schleudern. Noch nie zuvor hatte ich eine
Frau so langsam gebumst, und trotzdem war ich heftig gekommen. Eine neue Erfahrung, die ich in mein Womanizer-Reperto-
ire aufnahm.

„Ich will auch kommen!", bettelte Hermine um Gnade.
Gerne erfüllte ich ihr diesen Wunsch, und zwar mehrfach. 3 Orgasmen später zog sie meinen Mund von ihrem Venushügel weg
und küsste mich zum Dank.

Good news: Das Zimmer durfte ich bis Montagfrüh behalten, also blieb ich selbstverständlich noch 1 Nacht länger. Frühstücken. Flanieren gehen. Passau anschauen. Dann stand unser Revanche-Match auf dem Plan. Wieder 2 Stunden Center Court. Ich war fit und bereit, die Maus heute zu schlagen.

„Wenn Du mich tatsächlich heute schlagen solltest, hast Du einen sexuellen Wunsch frei. Wenn ich Dich besiege, habe ich einen frei." Eine interessante Abmachung, die sie mir da vorschlug. „Einverstanden", jubelte ich, ich konnte dabei ja nur gewinnen. Mein Wunsch stand fest: Filmen!

Ist bis heute das Größte überhaupt für mich, meine sexuellen Abenteuer festzuhalten für gewisse Solo-Stunden. Meinen Film-Wunsch kommunizierte ich ihr klar und deutlich. Sie nickte und meinte: „Einverstanden." Ihren Wunsch im Falle ihres Sieges verschwieg sie aber, selbst meine mehrmalige Nachfrage ignorierte sie lächelnd. „Wart´s ab!" Was in Drei-Teufels-Name könnte wohl ihr sexueller Wunsch sein, fragte ich mich immer wieder, während ich mein bestes Badminton spielte.

Nach 100 Minuten stand es 4:4-Sätze. Verdammt, war sie stark! Ich wollte unbedingt gewinnen und unseren Sex filmen dürfen, andererseits reizte mich ungemein, was ihr sexueller Wunsch denn sein könnte. Was hatte dieses bildhübsche Mädel mit mir vor?

Der Kick nach dem Unbekannten war zu groß. Ich entschied mich, den entscheidenden Satz absichtlich zu verlieren. Ich forderte sie bis zum Limit, wir mussten in die Satzverlängerung, dann ließ ich sie schließlich die 2 Punkte Vorsprung machen, die zum Sieg nötig waren. Rebecca jubelte und sprang vor Freude in die Höhe.

„Glückwunsch, Süße, Du hast fantastisch gespielt", gratulierte ich ihr und drückte sie fest. Ich habe gewonnen, das Match und unseren Deal. Ich habe einen Wunsch frei." „Ja, hast Du", gratulierte ich ihr erneut und war überaus gespannt.

Nach der obligatorischen Dusche und Sauna fuhren wir zu ihrem Lieblings-Inder und aßen gut. Dann fuhr sie mich in die Natur. Raus aus Passau. Wir fuhren etwa 20 Minuten, bis wir an einem bergigen Hügel ankamen. Den fuhr sie rauf. Mutter Natur war da.

Es wurde langsam dunkel und Rebecca zauberte aus ihrem großen Kofferraum ein Zelt heraus. „Hilfst Du mir bitte?", bat sie mich, ihr beim Aufbau zu helfen. Schnell stand das Zelt. „Hinein!", juchzte sie und war die Erste. Ich hinterher.

Ich war noch nie in solch einem Zelt gewesen, aber es hatte was. Gut geschützt und dank luftigem Bodenbelag doch ganz komfortabel. Hierfür war eine Pumpe notwendig gewesen, die ich händisch bedienen durfte.

Hermine öffnete den Reißverschluss und zeigte mit dem Zeigefinger nach unten: „Passau!" In der Tat, es war eine sehr schöne Aussicht. „Hier bin ich oft, wenn es mir schlecht geht, oder wenn es mir fantastisch geht. Das ist mein persönlicher Zauberort." Dann küsste sie mich lang und sehr gefühlvoll. „So, mein Wunsch ist es, hier oben mit Dir Sex zu haben."

„Diesen Wunsch und Wetteinsatz erfülle ich Dir gerne", grinste ich und legte mich auf sie. Aus der Kusssalve wurde mehr. Schnell waren wir beide nackt und ich fickte sie als Missionar, wieder ganz zärtlich und langsam, so wie sie es liebte. Pink war hier nicht mehr viel, zu dunkel war es mittlerweile geworden, aber ihr Körper fühlte sich unter und an meinem einfach sensationell an.

„Soll ich auch mal schneller oder härter?", fragte ich sie mittendrin. „Nein, genauso, das ist perfekt für mich", stöhnte sie. Gerne. Nach langen, aber wunderschönen 30 Minuten spürte ich meinen Saft brodeln und stöhnte meinen Orgasmus in ihren Mund hinein. Er war heftig und dauerte gefühlte 3 Minuten lang. Befriedigt nahm ich sie in den Arm und fingerte sie zu 4 Orgasmen am laufenden Band.

„Wunderschön", bestätigte sie mir ihren Gefühlszustand und gab mir das Gefühl, der Womanizer von Passau zu sein. Wir quatschten über Gott und die Welt und sie erzählte mir von ihrer Bisexualität. Auch mit Frauen trieb sie es, so ein Luder. Das Thema machte mich geil, mein Dong war bereit für die nächste Runde.

Er drückte die Kuscheldecke schon mächtig hoch. Als Rebecca dies bemerkte, strahlte sie mich an und sagte: „So, der Herr ist also wieder geil. Wie wär´s mit einem Blowjob diesmal?"

„Aber gerne, das mag der Herr", scherzte ich und hielt ihr meinen Dong vor die Nase. Statt in der Nase landete er aber im Mund. Ja, so soll's sein! Langsam und in Zeitlupe lutschte sie meinen Schaft entlang, rauf und runter, sie blies göttlich. Ihre rechte Hand umfasste dabei meine Penis und wichste ganz langsam, aber sehr gut spürbar mit. Es war eine perfekte Mischung, die sie mir anbot.

Ich lag in diesem Zelt auf einem Hügel bei Passau und wurde oral befriedigt von der 22-jährigen Rebecca, der aktuellen Vize-Bayerischen-Meisterin im Badminton. Wenn das die aktuelle Bayerische Meisterin, die Sarah, wüsste! Oder Mitspielerin Doro! Beide waren Vergangenheit, was jetzt zählte, war Rebecca H.

Ihr Blowjob war jede Sünde wert. Über 30 Minuten lang zog sie das Spektakel hin, bis ich ohne Vorwarnung in ihren Mund schoss. Sie schluckte kurz, arbeitete aber sauber und erotisch weiter. Genau richtig! Sie saugte mich 5 Minuten aus, bis ich sie in meinen Arm nahm und mich bei ihr bedankte für diese wunderschöne Sache.

„Jetzt ich Dich", kündigte ich an und spürte 10 Sekunden später ihre Schamhaare an meiner Nase. Ich konzentrierte mich auf ihre Clit und bediente sie schön von links mit meiner Zunge. Jetzt ging Rebecca so richtig ab. Sie stöhnte so laut wie ein fox on the run. Hier draußen waren wir mutterseelenallein, keiner hörte uns. Gut.

Rebecca kam. Rebecca kam. Rebecca kam. Rebecca kam. Viermal zählte und spürte ich mit, wie sie abhob. Gegen 23 Uhr packten wir unsere Sachen und fuhren in mein Hotelzimmer. Rebecca blieb über Nacht, und nach einem geilen Zeitlupen-Ritt von ihr schliefen wir ein.

Am nächsten Morgen ein letzter Knall, diesmal Doggy. Ich hielt mich an ihr langsames, zärtliches, gefühlvolles Tempo und kam krass intensiv in ihr. Ich küsste sie zum Abschied und fuhr zurück in meine Heimat.

Mainz – Larissa

Larissa, das war eine hübsche Jung-Redakteurin Mitte 20, mit der ich vor etwa 5 Jahren einen unglaublich heißen One Night Stand während einer TV-Produktion in Mainz hatte. Ich war mit Team angereist und wir sollten übers Wochenende eine große Samstagabend-Show betreuen.

Larissa war eigentlich Praktikantin, die sich aber über das Bett ihres Chefs über Nacht zur Jung-Redakteurin hoch gemausert hatte. Sie musste regelmäßig mit ihm in die Kiste, um ihren Status zu halten, doch das war ihr egal, schließlich sah ihr Chef nicht schlecht aus. Tom hieß er und hieß mich herzlich willkommen. Larissa fiel mir schnell auf, und schon in der ersten Pause kamen wir gut und nett ins Gespräch. Sie war groß, knapp 1,80 m, und sehr schlank, wie eine Hostess.

Sie kam ursprünglich aus München, also hatten wir uns einiges zu erzählen, auch neben dem TV-Thema. Am Freitagabend verabredeten wir uns nach erledigter Arbeit mit einigen Kolleginnen und Kollegen zum Essen, danach noch auf einen Absacker. Das eine kam zum anderen, schließlich landete ich in ihrer schicken Bude. Larissa war angetrunken und wollte Sex mit mir, das gab sie mir deutlich zu verstehen: „Nimm mich!"

Ich zog uns beide aus und nahm sie. Knutschen und direkt einlochen. Ohne Gummi, sie hatte ja eine Spirale, also konnte nichts passieren. Larissas Muschi war so feucht wie ihr Mund. Ich flutschte rein und raus, bis ich kam. Erst später, beim Ausruhen, betrachtete ich ihren nackten Körper genau: Larissas Brüste waren eher klein, dafür sportlich, ihr Bauch hatte ein vorsichtiges Sixpack vorzuweisen, ihre Muschi war genauso blank wie ihre Achselhöhlen. Der Po perfekt!

Unter Alkohol sind Frauen so offen für alles, das kann man sich nicht vorstellen. Trotzdem entschied ich mich, Larissa nicht über meine Filmpläne zu informieren und platzierte meine kleine Spion-Kamera im günstigen Winkel zum Bett, während sie sich frisch machte im Bad. Als sie wiederkam, stockte mir der Atem: In roter Unterwäsche spazierte sie auf mich zu und steckte mir ihre Zunge tief in den Rachen hinein.

Schnell waren wir beide nackt und sie blies mir einen bis zum Cumshot. Larissa konnte verdammt gut blasen. Ganz ohne Hände konnte und wollte sie es. Mit Hand ist mir zwar lieber, aber die brauchte die talentierte Jung-Redakteurin wohl nur zum Tippen.

Sie saugte zuerst langsam, dann immer schneller, während mein Dong immer steifer wurde. Schließlich spritzte ich ab und sie trank mein ganzes Spermium. Nun leckte ich sie. Zuerst ihren Hals, dann ihre Brustwarzen, ihren Nabel, schließlich ihre ohnehin schon feuchte Pussy. Ich musste ziemlich lang an ihrer ovalen Klitoris saugen, bis sie kam, aber dieser Orgasmus lohnte sich. Schreiend und schüttelnd teilte sie mir mit, dass sie echt glücklich war. Gut.

Ich war fit für Runde 2 und ließ sie auf mir reiten. Das konnte sie so gut, dass es keinen Positionswechsel brauchte, um mich kommen zu lassen. Dann schliefen wir ein. Sonntagfrüh nochmal geiler Sex, diesmal ohne Kamera, Ficken von hinten, das war's. Adieu Larissa.

Footwork – Sophie

Sophie. Einer interessanten Frau aus der Schweiz, mit der ich einen aufregenden One Night Stand hatte vor 2 Jahren. Sie war optisch Durchschnitt, aber der Sex mit ihr nicht. Der war weitaus höher anzusiedeln. Denn sie war eine Expertin für Footjobs:

„A Footjob is a non-penetrative sexual practice with the feet that involves one´s feet being rubbed on a partner in order to induce sexual excitement, stimulation or orgasm. Footjobs are most often performed on males, with one partner using their feet or toes to stroke or rub the other partner´s genital area" – sagt Wikipedia.

Das wusste ich ja schon längst, aber interessiert hatte es mich noch nie. Die eine oder andere hatte mal mit ihren Füßen meinen Penis berührt und damit gespielt, doch Hand und Mund waren und sind mir immer lieber. Stinkefüße will ich ja auch nicht an meiner Königsstelle haben.

Aber diese Sophie war ein Luder. 31, Mediaberaterin aus Zürich. Ich lernte sie ebendort kennen und eine Nacht lang lieben. Zuerst hatten wir beruflich miteinander zu tun, dann aßen wir privat zu Abend und kamen uns in meinem Hotelzimmer bei Schampus näher. Sie hatte kurze, schwarze Haare und eine leicht birnenförmige Figur, also ein etwas breites Becken. Aber ihr Akzent war so süß. Normalerweise wäre sie optisch unter meinem Niveau gewesen, zu lange Nase, kein Kussmund, Wackel-Po und Speckbeine, aber die 10 kg Übergewicht konnte ich gerade noch so tolerieren.

Einen Blowjob wollte sie mir nicht geben, dafür startete sie ihre Fußakrobatik. Ich war baff und ließ es geschehen, denn es fühlte sich echt toll an. Wie gelenkig sie doch war und wie viel Power sie in ihren Füßen hatte! Ich war sprachlos, bis ich kam. Hoch hinaus schoss mein Sperma, während sie genüsslich vor mir saß und ihre Beine rauf und runter bewegte und mein Penis zwischen ihren Zehen zuckte. Sie erzählte mir, dass dies ihr Lieblingsjob sei. Ich entschied mich aber, sie nicht mit meinen Füßen zum Orgasmus bringen zu wollen, sondern mit meinen Händen.

Indem ich ihre klitzekleine Clit so lange rubbelte, bis sie immer noch klitzeklein war, aber trotzdem kam. Sie keuchte wie eine Dampfmaschine. Als wir dann Arm in Arm da lagen und über den Footjob sprachen, fragte ich sie, ob sie etwas dagegen hätte, wenn wir eine zweite Footjob-Session einlegen würden und ich diese aufnehmen dürfte, als Erinnerung, weil ich „so etwas Geiles noch nie erlebt habe". Bereitwillig meinte sie: „Ja, ist okay."

Ich zückte mein iPhone und ein wenig Licht erhellte die Situation. Ich hielt drauf, als sie ihre rot lackierten Zehen ausstreckte und breitbeinig mit der Arbeit begann. Ich filmte zwischen ihre Beine und nahm die dunklen Schamhaare auf, welche Sicht auf mehr verdeckten. Wenige Frauen haben da unten noch ein volles Dreieck. Sophie liebte das Spiel mit der Kamera. Sie schaute erst mir tief in die Augen, dann dem iPhone. Ihre Füßchen leisteten gute Arbeit, mein Dong stand wie eine Eins.

Nach 10 Minuten spürte ich meine Eier jucken, der Orgasmus kündigte sich an. Genüsslich massierte sie weiter und beendete den Footjob nach meinem spritzigen Höhepunkt.

Am nächsten Morgen wollte ich nochmal filmen, sie war einverstanden. Diesmal entschied sie sich für die 69er und die Kamera wurde am Ende meiner Füße platziert, sodass man ihr Gesicht und meinen Penis sah. Ohne Fußerotik ging es zur Sache. Ich leckte ihre Schamhaare und ihren versteckten Knopf, während sie mit Händen und Mund blies. Sie war schwer auf mir, aber irgendwie törnte mich das auch an, mal so dominiert zu werden. Bitte kein Missverständnis: Sexy schlank ist mir am liebsten, aber diese Sophie war schon irgendwie knuddelig. Als sie immer schwerer wurde, krachte sie zum Orgasmus und brachte mich kurz darauf zu selbigem. Anstatt mit ihrem Mund, beendete sie es mit der Hand. Es war geil. Ich dankte ihr für die schöne Nacht und sah sie nie wieder.

Aber das Video schaue ich mir gerne und öfter mal an. Der Footjob war echt genial. Die 69 auch. Lustig, wie sie anfängt zu grinsen, als ich komme, so stolz und mächtig schaut sie da drein. Und ich stöhne halb vor Lust und halb unter ihrem Gewicht. Hätten Dolby, Anderson & Ginsberg nicht 1956 die Videokamera, die Video und Audio gleichzeitig aufnehmen kann, erfunden, wie traurig wäre heute wohl das Leben …

Kind der Liebe – Aiko

Dem „Kind der Liebe" ist dieses Kapitel gewidmet. Das bedeutet der Name Aiko nämlich. Als Boss ist es mir wichtig, regelmäßig Jungtalente zu fördern und Praktikumsplätze zu vergeben. Einen davon sicherte sich Aiko. Die kleine Japse konnte perfekt Deutsch und überzeugte durch ein hervorragendes Studium und beste Empfehlungen eines Boss-Kollegen.

Zudem war sie sehr hübsch. Gerade mal 1,55 m groß, vielleicht 45 kg leicht, lange, japanische Haare und ein kleines Halbmondgesicht. Ich organisierte sie mir schnell in mein Umfeld und lernte sie besser kennen. Sie war 24 Jahre jung und fühlte sich in meiner Nähe schnell wohl. Sie blickte fast devot väterlich auf zu mir.

Ich nahm sie mit auf Geschäftsessen und nach Wien, wo ich eine fünftägige TV-Produktion leitete. Aiko reiste als meine persönliche Assistentin mit. Nach der langen Fahrt, auf der sie mir über ihre Familie in Japan, ihre Auswanderung, ihr Studium und ihre Hobbys erzählt hatte, checkten wir im schönen „Vienna Hotel" ein und machten uns in unseren Zimmern frisch für das Geschäftsessen am Abend.

Aiko sah umwerfend aus, wie eine kleine Fee. Im kurzen Rock holte sie mich gut gestylt ab und wir verbrachten mit der Wiener Crew einen konstruktiven Abend mit leckeren Speisen und Getränken. Gegen 23 Uhr fuhren wir zurück ins Vienna, wo ich Aiko bat, noch zu mir aufs Zimmer zu kommen. Wir machten am Laptop die Planung für den nächsten Tag fertig und ließen uns erschöpft in die Sessel fallen.

Aiko wollte irgendwie noch nicht gehen, das wollte ich auch nicht, also sprachen wir über Gott und die Welt und landeten beim Thema „Skurriles Sexualleben der Japaner". Aiko erzählte mir Erstaunliches, zum Beispiel, dass die heutige japanische Jugend jede Form von romantischer Liebe und Intimität ablehnt. Nicht einmal die Ehe ist eine Option für sie.

Millionen Japaner sind absolut nicht an einer Beziehung interessiert. Weder langfristig, noch für eine Nacht, noch auf rein sexueller Basis.

Zudem hat die emotionale Verschlossenheit zugenommen. Japaner wissen zu wenig über das andere Geschlecht und möchten seltsamerweise auch nicht mehr darüber erfahren. Nachdem 3 von 4 Japanerinnen nach der Geburt des ersten Kindes ihren Job verlieren, ist der Anreiz, Nachkommen in die Welt zu setzen, gering. Staatliche Programme zur Reintegration junger Mütter in den Berufsalltag sind nicht vorhanden, und ausgehend vom alten Familienbild in Japan ist der Platz der verheirateten Frau bei ihren Kindern.

Dieses Modell lehnen die Japanerinnen allerdings kategorisch ab, da die permanente weibliche Erwerbstätigkeit mit Unabhängigkeit in Verbindung gesetzt wird. Japanische Männer haben gelernt, ohne Geschlechtsverkehr auszukommen. Das Leben als Single ist einfacher. Frauen sind anstrengend und kosten Geld.

Virtueller Sex wird dafür ganz groß geschrieben. Virtual-Reality-Freundinnen, Online-Pornos und Anime-Karikaturen sind zu erotischen Sinnbildern geworden. Es ist nicht außergewöhnlich, wenn 30-jährige Japaner nur dann sexuelle Erregung empfinden, wenn sie einen weiblichen Roboter betrachten. Krass, oder?

Die Geburtenraten in Japan sind in den vergangenen Jahren drastisch gesunken. 61% der ledigen Männer und 49% der Frauen im Alter von 18 bis 34 Jahren waren – aufgepasst – noch nie in einer festen Liebesbeziehung! Dass die Japaner anders sind als wir Deutschen, war mir schon klar, aber so anders?

Aikos Geschichten fesselten mich, und längst lag ich auf dem Bett, während sie im Sessel weitererzählte. Mehr weiß ich nicht, denn ich schlief ein. Am nächsten Morgen wurde ich um 5 Uhr wach. Ich öffnete meine Augen, doch ich war nicht alleine. Da lag eine Puppe auf meiner Brust. Es war Aiko. Ich schüttelte sie behutsam wach und erfuhr, dass sie die Nacht in meinem Arm verbracht hatte.

„Du bist einfach eingeschlafen. Ich habe Dich zugedeckt und mich kurz dazugelegt. Mehr weiß ich nicht", rechtfertigte sie die Situation. Ich überlegte. „Hatten wir Sex miteinander?" Aiko guckte mich überrascht an. „Nein, wie kommst Du da darauf?"

Ich schaute auf den großen Wecker und ließ mich wieder fallen. „1 Stunde noch, bevor es klingelt." Aiko sah müde aus, genauso wie ich mich fühlte. „Komm, lass uns noch die Stunde ausruhen, bevor wir auf müssen", flüsterte sie mir zu und ließ sich wieder fallen. Ich fiel mit.

Als ich die Decke zurechtrückte, bemerkte ich, dass ich in Unterhosen war. Und ich bemerkte auch, dass Aiko in Unterwäsche war. „Sorry, aber ich wollte nicht, dass sich Deine schicke Hose faltet. Ich habe sie Dir vorsichtig ausgezogen, kurz nachdem Du eingeschlafen warst." „Soso", antwortete ich mit einem Augenzwinkern und wurde wacher, „und dabei musstest Du Dir auch gleich Deine Hose ausziehen?"

„Hey, ich will doch auch nicht, das meine verknickt, und außerdem: Schlafen in Hose ist doch bescheuert." Da hatte sie Recht. Die Stimmung wurde intensiver. Ich hob die Decke und betrachte Aikos kurzen, aber zierlichen Beine. „Was machst Du da?", fragte sie mich verunsichert. „Schauen, mehr nicht", grinste ich.

Mein Blick fiel auf ihr weißes süßes Unterhöschen. Obwohl es nicht durchsichtig war, konnte ich schwarze Schamhaare darunter erkennen. Klar und deutlich waren sie. „Stimmt es eigentlich, dass alle Japaner sich untenrum nicht rasieren? So wie Du auch?", fragte ich sie plump. „Was ist daran schlimm? Das ist doch von Natur aus so gewollt", antwortete sie trotzig. „Schamhaare haben unsere Muttis und Väter getragen, aber heutzutage sind 3 von 4 Deutschen clean da unten."

„Aber ich fühle mich so wohl damit. Das ist in unserer Kultur halt so", erklärte mir die Kleine. Pause. „Also bist Du rasiert da unten?" Neugierig war ihr Blick auf einmal. Diese Chance musste ich nutzen. „Ja, klar, was glaubst denn Du? Ist doch viel schöner beim Blasen und Ficken, wenn man alles genau sehen kann." Wir schauten uns an. Die Spannung stieg.

„Darf ich mal sehen?" „Nur wenn ich auch mal sehen darf", konterte ich. „Na gut." Gleichzeitig zogen wir die Höschen aus. Während sie mir ihre schwarzen Schamhaare offenbarte, präsentierte ich ihr meinen steifen Dong. Schockiert und interessiert zugleich starrte sie ihn an. „Wow, der ist ja riesig!" Ja, für japanische Verhältnisse sicher, dachte ich.

Dort sind 15 cm wie hierzulande 30. Während mein Penis fröhlich vor sich hin zuckte, hörte ich plötzlich folgende Worte: „Darf ich ihn mal anfassen?" „Natürlich, mach ruhig", lächelte ich und sah zu, wie Aiko ihre kleine, linke Hand ausfuhr und mit ihren schlanken Fingern meinen Penis berührte, dann umfasste. Es fühlte sich verboten an.

Aiko schien alles um sich herum zu vergessen, nur mein Schwanz zählte im Moment. Vorsichtig bewegte sie meine Vorhaut rauf und runter, um zu sehen, was dann passiert. Sie wirkte sehr unsicher dabei. „Sag mal, wie viele Männer hast Du schon gehabt?", fragte ich sie. „4", antwortete sie, „alles Japaner. Du bist der erste Deutsche, den ich nackt sehe und dessen Penis ich berühre. Er fühlt sich ganz anders an als die japanischen. Und ich kann wirklich alles sehen bei Deinem."

Ich war glücklich und ließ sie weiter die Doktor Schwester spielen. Langsam wurden ihre untersuchenden Bewegungen zu wichsenden. Sie wusste genau, wie es geht. Ich legte mich zurück und genoss. Aikos linke Hand arbeitete immer schneller, bis ich nach etwa 5 Minuten abspritzen musste. Mein Sperma segelte hoch hinaus und Aiko grinste wie ein Honigkuchenpferd dabei.

Ich schaute auf den Wecker, ein paar Minuten hatten wir noch bis zur unangenehmen 6, da wollte ich mich revanchieren. „Leg Dich hin und schließe Deine Augen", befahl ich ihr. Sie war meine Assistentin, also musste sie gehorchen. Ich suchte mit Händen und Mund den Weg zu ihrer Perle und bearbeitete diese mit meiner Zunge. Sie schmeckte japanisch da unten: Bisschen salzig, bisschen Sushi. Ich mag Salz und Sushi. Nur das Strüppige hätte nicht sein müssen.

Aiko stöhnte ordentlich, als ich ihre kleine Knospe zum Pulsieren brachte. Während sie ausschnaufte, machte uns der Wecker deutlich, dass nun leider Schluss mit Liebe sei. Aufstehen, duschen. Aiko verschwand in ihrem Zimmer, danach trafen wir uns zum Frühstück.

Der Arbeitstag war lang und hart. Am Abend – nach dem Gemeinschaftsessen – war uns beiden klar, dass wir erneut Sex miteinander haben werden. Ich bat Aiko um einen Blowjob, doch das wollte sie nicht.

Auf die Frage „Warum?" antwortete sie: „Weil ich das noch nie gemacht habe. Weißt Du, japanische Männer wollen nur ficken. Da ist nicht viel mit streicheln, küssen, wichsen oder blasen."

„Na, dann lernst Du es halt bei mir", gab ich zurück und erklärte ihr, was wichtig ist für einen guten Blowjob. „Keine Angst, es kann gar nichts passieren. Du kannst einfach ausprobieren und wirst schnell sehen, was gut bei mir ankommt", beruhigte ich sie.

Mit dieser Sicherheit fing sie an, meinen steifen Penis zu küssen. Sie kniete zwischen meinen Beinen, hatte ihre langen, schwarzen Haare zum Zopf zusammengebunden und bemühte sich. Ein Kuss auf die Vorhaut, ein Kuss auf die Eichel, ein Kuss auf das Schambein. Ihre Hände streichelten derweil meinen Bauch.

Endlich umfasste sie meinen Dong mit ihrer kleinen, linken Hand und traute sich, den Mund zu öffnen. So führte sie mein Monster in ihren Mund ein. Zuerst einen halben Zentimeter, dann einen ganzen Zentimeter. Als sie bemerkte, dass sie ihn nicht küssen kann, wenn er in ihrem Mund ist, versuchte sie die Zunge einzusetzen. Gutes Mädchen! Auch lernte sie, mit ihren Lippen zu blasen.

Dabei wichste sie ganz langsam den Ansatz des Penisschaftes hin und her. Es fühlte sich verdammt gut an. Ihre festen Brüste hingen nicht hinunter, dafür waren sie zu klein. Aiko fühlte sich von Minute zu Minute wohler bei ihrem Blase-Kurs und intensivierte ihr Spiel. Plötzlich setzte sie ab. „Du, wie schmeckt eigentlich Sperma?", fragte sie mich mit großen Augen. „Mach weiter, dann findest Du es heraus", lallte ich und drückte ihren Kopf wieder nach unten.

Sie ließ es mit sich machen und blies mutig weiter, bis ich meinen Orgasmus spürte. Heftig zuckend kam ich in ihren Mund. Mein Sperma war zu viel für sie. Es lief aus ihrem Mund heraus, während sie hustete, aber fleißig weiter wichste. Es war verdammt viel Sperma diesmal. Die arme Kleine.

Gut hatte sie es gemacht, ihr erster Blowjob war Geschichte, und ich freute mich schon auf den nächsten. Bis dahin leckte ich sie erneut zu einem saftigen Sushi-Orgasmus. Krass war: Wir hatten uns bis dahin nicht geküsst.

Es ging nur um Sex. Und dabei blieb es auch. Sie wollte lernen, Erfahrungen mit einem deutschen Mann sammeln, Neues ausprobieren, einen Monster-Penis spüren. Von Küsse, Romantik oder Liebe war nie die Rede. Gott sei Dank. Dann sind die Fronten ja geklärt.

Wir schauten zusammen ein wenig fern, bis sie meinte: „Ich möchte Deinen Penis jetzt auch mal in mir spüren, wie das sich anfühlt." Gesagt, gefühlt. Sie hatte ein rotes Kondom dabei und drückte es mir in die Hand. Ich zog mir die Kapuze an und missionierte sie. Ich spürte das Ende ihrer Röhre, die war echt kurz und fantastisch eng.

Also bemühte ich mich, ihre Gebärmutter nicht zu zerstören und verwöhnte sie mit sanften bis mittelharten Stößen. Dann durfte sie reiten. Das konnte sie ziemlich gut. Beenden wollte ich es Doggy Style, von hinten. Ihre süßen, kleinen Pobacken sahen aus wie eine.

Ich lochte ihre Muschi von hinten und kam laut stöhnend zu meinem Ende. Just da kam auch sie zu ihrem Orgasmus. Highlight war der Gute-Nacht-Blowjob: Als ich nach 10 Minuten Blase-Hase-Action kam, schluckte sie und saugte alles brav ein, bis zum letzten Tropfen.

Unser Sex-Lehrgang endete am nächsten Morgen, mit dem Ende des Wien-Trips, da waren wir uns einig, ebenso darüber, dass dies ein Geheimnis zwischen uns bleibt. Wenige Wochen später endete auch Aikos Praktikum bei uns – Bye Bye, „Kind der Liebe".

Verbotenes – Janine

Dieses Erlebnis ist noch gar nicht allzu lange her. Janine und Peer kamen neu in meine Firma, beide hatten sich beworben und wurden unter Hunderten von Bewerbern von meiner linken Hand, dem Felix, ausgewählt. Das Kuriose: Beide waren (und sind es noch) ein Paar. Sie hatten sich auf der Medien- und Filmakademie kennen und lieben gelernt.

Auf der Suche nach einem guten, neuen Job wurden sie bei uns fündig. Janine (25) war ausgebildete Kamerafrau mit ersten guten Referenzen, Peer (29) Writer und Ausarbeiter neuer Show-Konzepte. Peer war 1,95 m lang und ein typischer Querdenker. Mit Brille, Seitenscheitel, dünn und nerdig. Schlaksig, introvertiert, Raucher, Trinker, aber sehr nett.

Janine war das Gegenteil: Eine Perle. Bildhübsch und verdammt sexy. Sie brachte gerade mal knappe 1,65 m auf die Größenskala und nicht mal 50 kg auf die Waage, sie war ein schlankes Persönchen. Zierlich, aber dennoch weiblich mit schönen Rundungen an den richtigen Stellen. Ihr Gesicht glich dem einer Fee, eines Engels. Sie redete viel und gern, war sehr kommunikativ und schnell mitten im Team integriert.

Ich arbeitete gerne mit beiden. Peer hatte einzigartige, ausgefallene, verrückte Ideen, die ich gemeinsam mit ihm zu sinnvollen, realistischen Konzepten ausarbeitete. Die Janine etablierte sich schnell als Top-Kamerafrau in meinem Team und ich gab ihr mehr und mehr Verantwortung. Die schwarzhaarige Schönheit war äußerst beliebt bei allen Männern der Firma, doch jeder wusste, dass Peer ihr eifersüchtiger Freund war, daher war sie absolut tabu.

Wir wurden gebucht, um für die Therme Erding zur großen Silvester-Gala ein spannendes und spektakuläres Show-Konzept zu gestalten und umzusetzen. Mit 5 Leuten, inklusive Peer und Janine, fuhren wir hin und schauten uns – nach einem Gespräch mit der Thermen-Event-Verantwortlichen – alle Locations genau an. Der Champagner-Pool in der Sauna-Landschaft wurde festgelegt, ebenso wie der große Pool im Thermal-Bereich.

Auch in der Rutschen-Welt sollte etwas Besonderes steigen. Wir hatten also 3 Events parallel zu planen. In den Folgewochen arbeiteten wir fleißig am Projekt und fuhren immer wieder in die Therme rein, um die Umsetzung zu prüfen. Stören wollten und sollten wir den laufenden Betrieb nicht, also mussten wir immer entweder vor 9 Uhr mit unserer Arbeit in der Therme fertig sein oder ab 23 Uhr starten.

Kein Problem für uns, wir Fernsehleute sind ja flexibel und wandlungsfähig. Oftmals checkte ich mit meinem Team früh morgens um 5 Uhr ein und wir arbeiteten 3,5 Stunden lang, sodass um 9 Uhr die Therme regulär öffnen und die Gäste reinlassen konnte.

Dabei standen wir oft auch im Wasser, mitten im Pool. Mit langen Hosen geht das schlecht, also arbeiteten wir in Badekleidung. Dabei sah ich, was die süße Janine zu bieten hatte: Ihre langen Haare trug sie im Wasser hochgesteckt, ihre Brüste waren unter dem Bikini eher klein und fein, ihr Bauch perfekt trainiert. Ein schönes Nabel-Piercing mit Glitzerstein verzierte ihn. Ihre goldene Halskette mit dem Namen „Peer" legte sie dabei niemals ab.

Am Bauch schlängelte sich eine grüne und gefährliche Mamba-Schlange bis in ihr Höschen hinab. Ihr Po war klein, aber formstark. Mädchen-Füße trugen sie. Vorne konnte man etwas Abstehendes erkennen, ich spekulierte auf ein Klitoris- oder ein Schamlippen-Piercing. Vielleicht auch beides. Immer wieder riskierte ich einen geilen, unauffälligen Blick und war Gott dankbar, mir diese süße Schönheit ins Team gebracht zu haben. Merci, Felix!

4 Wochen später starteten wir glücklich und erfolgreich ins Neue Jahr! Die 3 Silvester-Events waren der Burner und die Therme hatte uns eingeladen, gemeinsam mit den Gästen über die Jahresgrenze hinweg bis in den frühen Morgen zu feiern, Freikarten und Freiessen inklusive Getränke für uns alle plus Partner.

Meine Frau Andrea war selbstverständlich dabei und auch meine Kolleginnen und Kollegen dieses Projektes waren nicht alleine da. Wir stießen auf uns an und feierten bis zum Ende.

2 Wochen später stand ein Trip nach Budapest an, wo wir ein regionales TV-Produktionsteam unterstützen sollten, eine neue Show auf die Beine zu stellen. Wir buchten 6 Zimmer für 7 Personen, doch letzten Endes waren es 7 Zimmer für 7 Personen.

Der Grund: Der Peer war krank geworden und lag mit knapp 40 Grad Fieber flach. Er konnte unmöglich mit. Also sprang Kollege Jacques ein. Ihn konnten wir unmöglich in das selbe Zimmer mit Janine stecken, also bekam er ein eigenes. Zu 5 Männer und 2 Frauen flogen wir nach Budapest. 7 Arbeitstage lang. Tage 1 bis 3 Arbeit, Tag 4 frei, Tage 5 bis 7 Arbeit.

Alles lief gut, bis am zweiten Tag Janine von der Leiter fiel. Sie stürzte brutal und knallte ordentlich mit ihrem Rücken auf dem Hallenboden auf. Armes Ding! Die Leiter hatte einfach nicht gehalten, vielleicht war sie auch einfach ausgerutscht oder die Kamera war ihr da oben zu schwer gewesen auf der Schulter. Ich konnte es ohnehin oft nicht glauben, wenn sie das schwere Ding auf sich trug: Wie konnte sie das? Ihr zierlicher Körper schien sehr stark zu sein.

Die Kleine heulte und schluchzte laut vor Schmerzen. Ihr Knie waren blutig und ihr Rücken tat „so weh!". Eric, der Leiter des regionalen Teams, rief sofort den Notarzt, der Janine vor Ort gut verarztete. Dennoch wurde sie zur Sicherheit mit ins Krankenhaus genommen, um schwerere Verletzungen auszuschließen. Meine Kollegin Dagmar fuhr mit. Wir hielten über das Handy Kontakt.

Gott sei Dank nichts gebrochen. Prellungen aber an Rücken, Hüfte, Knie und eine leichte Gehirnerschütterung. Am Abend besuchte ich Janine sofort und redete ihr gut zu. Abends darauf ging es ihr schon wieder ganz gut und sie wurde entlassen. Humpelnd wollte sie sofort alles von unserer Arbeit wissen, doch das verbat ich ihr: „Janine, werde erstmal gesund. Wir haben hier alles im Griff. Morgen ist produktionsfreier Tag, da erholst Du Dich gut. Übermorgen schauen wir weiter."

Janine nickte und aß ihre Pizza. Peer ging es mittlerweile ein wenig besser, doch er lag immer noch im Bett, und die Nachricht um Janines Sturz peppelte ihn auch nicht weiter auf. Im Gegenteil: Er machte sich große Sorgen. Verständlich.

Nach dem Abendessen, als alle Kollegen bereits auf ihre Zimmer gegangen waren, saßen nur noch Janine und ich da. „Danke, dass Du so verständnisvoll bist", lobte und drückte sie mich. „Ist doch selbstverständlich", sagte ich und zahlte.

Als wir aufstanden, brach die kleine Maus fast zusammen. „Aua, mein Knie tut so weh, verdammt!", fluchte sie und hielt sich Knie und Hüfte. „Komm schon, ich bringe Dich auf Dein Zimmer." Ich stützte sie und begleitete sie zum Fahrstuhl, der auf Ebene 11 hielt. „Mein Knie!", stöhnte sie erneut und verdrückte eine Träne.

Ich hob sich hoch und trug sie die letzten 30 Meter auf ihr Zimmer. Sie öffnete mit der Karte, ich trug sie rein, die Tür schloss hinter uns automatisch. „Endlich", keuchte sie, während ich sie runter ließ. „Endlich geschafft!" Dabei ließ sie sich aufs Bett fallen. „So ein Scheiß auch, wie konnte mir das nur passieren?", sinnierte sie die Wand, dann mich an.

„Weiß nicht, vielleicht warst Du in Gedanken bei Peer, der ja nicht dabei sein kann", schlug ich vor. „Nein, das ist es nicht. Weißt Du, wir haben aktuell eine Beziehungskrise, da tut mir der Abstand auch mal gut." „Das wusste ich nicht, sorry", zeigte ich mich verständnisvoll, „magst Du darüber reden?" Sie wollte.

Ich setzte mich neben sie aufs Bett und lauschte ihrer Geschichte. Peer und sie kannten sich seit 6 Jahren. Auch seit 6 Jahren waren sie ein Paar. Lebten zusammen. Sprachen schon über Heiraten und Kinder. Aber noch in weiter Ferne. „So ab 30 dann", murmelte Janine.

„Sex ist bei uns eher Mangelware", sagte sie traurig, Peer ist ein sehr verschlossener Typ, das weißt Du ja selbst, sehr intro. Manchmal komme ich gar nicht an ihn ran. Die ersten 2 Jahre war das gut mit Sex, aber dann wurde es immer weniger. Ich will schon, aber er nicht. Ich habe ihn aber schon öfter dabei erwischt, wie er sich zu Pornos einen runtergeholt hat. Das verletzt mich. Weißt Du, das kann er dann, aber mit mir schlafen nicht."

Ich erklärte der Janine, das alle Männer Pornos schauen, egal, ob sie in einer Beziehung sind oder nicht. „Das ist einfach so.

Und sich selbst einen runterholen, gehört für Männer auch dazu, egal ob sie in einer Beziehung sind oder nicht. Das bedeutet nicht, dass sie unglücklich sind in der Beziehung, aber das brauchen sie halt einfach zusätzlich. Macht Ihr Frauen doch genauso, masturbieren und so, mit Vibrator, obwohl Ihr einen Freund oder Mann habt."

„Ja, da hast Du Recht, aber wir schauen keine Pornos dabei. Ich finde es halt komisch, dass er es alleine kann und will und tut, aber nicht mit mir. Bin ich denn so hässlich?" „Wie kommst Du den darauf?", schaute ich sie entsetzt an. „Rede Dir das ja nicht ein. Du bist eine unglaublich attraktive Frau. Da muss eigentlich jeder Mann wollen." „Wirklich?", tränte sie. „Ja, selbstverständlich. Wer Dich von der Bettkante stößt, der ist selbst schuld."

„Danke", umarmte sie mich fest und innig, „jetzt geht es mir gleich schon besser. Psychisch zumindest. Aber mein Rücken tut immer noch höllisch weh." „Weißt Du was", kam mir die zündende Idee, „wenn Du magst, massiere ich Dir Deine schmerzhaften Stellen ein wenig und kümmere mich um Dich. Ich kann sehr gut massieren und habe echt viel Ahnung davon. Bin ein echter Profi."

„Hm", dachte Janine laut nach, „ein sehr liebes Angebot, aber ich muss leider Nein sagen. Das würde Peer nicht gefallen, glaube ich." „Kein Problem, war ja nur ein lieb gemeintes Angebot, Janine. Dann schlaf schön, gute Nacht." Mit diesen Worten küsste ich sie seitlich auf die hintere Wange und verdrückte mich.

Als ich ein paar Meter später in meinem Zimmer war und den Mini-Flirt Revue passieren ließ, klingelte mein Telefon. Es war Janine: „Hey, Du, steht Dein Angebot von vorhin noch? Ich würde es gerne annehmen." „Du meinst die Massage?" „Ja." „Und Peer? Du wolltest doch nicht…" „Alles gut, komm einfach rüber und massiere mir bitte die Schmerzen weg."

2 Minuten später war ich wieder drüben und schaute der reumütig blickenden Janine in die Augen. „Sorry für vorhin, ich hatte irgendwie Angst ... und Peer spuckte in meinem Kopf herum." „Hey, ich bin nicht hier, um was auch immer mit Dir zu treiben. Ich wollte mich lediglich lieb um Dich kümmern."

„Das weiß ich ja", nickte sie, „daher habe ich Dich ja auch zurückgerufen." Janine hatte ihre schwarze Jeans bereits ausgezogen und lag mit Shirt und Slip auf dem Bett. „Hier, schau mal", streckte sie mir ihre Füße entgegen. Blaue Knie sah ich. „Und hier erst." Sie drehte sich seitlich und präsentierte mit einen fetten Bluterguss an der Hüfte. „Und hier." Ihr Rücken war ebenso gezeichnet. Armes, unschuldiges Ding.

Ich holte heilende Creme aus dem Badezimmer und kleckerte mir erstmal meine Hose voll. Na toll! „Shit!", fluchte ich und versuchte, den großen Fleck wegzuwischen. „Sofort ins Wasser damit", befahl Janine. Ich zog mir rasch die Hose aus und rubbelte mit Seife und Wasser alles sauber. Glück gehabt.

Nun aber war die Hose nass und untragbar. Ich hing sie auf und kehrte in Unterhosen zurück zu Janine. Die kicherte. Ihre Knie fühlten sich gebrechlich an. Ganz vorsichtig streichelte ich die Kokos-Lotion in ihre Haut ein und massierte leicht, aber zielführend hin und her. „Auch die Oberschenkel bitte, da zieht es von den Knien her mächtig rein, bis hoch zur Hüfte."

Ich als Frauenkenner wusste, dass das eine Einladung auf mehr war. Diese nahm ich gerne an. Janine lag bequem auf dem Bett und ich massierte nun sanft ihre Oberschenkel. Immer weiter hoch Richtung Becken. Je näher ich an ihr Höschen kam, desto glücklicher schaute sie drein und desto mehr genoss sie mit lauten Seufzern. Meine Hände befanden sich nun schon rechts und links an ihrer Hüfte, nur wenige Zentimeter von ihrer erogensten Zone entfernt.

Ich erkannte ganz klar unter ihrem hellgrünen Höschen ein metallisches Etwas. Mein Piercing-Gedanke hatte sich also bewahrheitet. Ich wollte sie zu nichts drängen und keine Fehler machen: „Jetzt lege Dich auf Deinen Bauch, dann massiere ich Dir die Schmerzen im Rücken weg."

Ihr Rücken war trotz der Blessuren schön. Vor allem gefiel mir aber ihr Po. 90% Po sah ich, nur 10% waren vom stoffarmen Höschen verdeckt. Ihr angeschlagener Rücken saugte die Creme gut ein und die Kleine war so glücklich und dankbar für die Massage. So dankbar, dass sie vor Zufriedenheit einschlummerte.

Leise atmete sie im Schlafrhythmus ein und aus, sie sah so friedlich aus. Was sollte ich tun? Ich war längst erregt und heiß auf sie, doch vergewaltigen wollte ich sie nicht. Ist nicht mein Ding. Verzichten wollte ich allerdings auch nicht, also weckte ich sie sanft auf. Leider schlief sie kurz darauf wieder ein. Nach meinem dritten erfolglosen Weckversuch sah ich ein, dass es keinen Sinn machte.

Ich deckte sie schön zu und ließ sie schlafen, stellte ihren Wecker auf 6 Uhr und ging in mein Zimmer schlafen. Um Punkt 7 trafen wir uns alle zum Frühstück. Auch Janine kam angehumpelt. „Danke für die schöne Massage", flüsterte sie mir ins Ohr. „Ist sonst noch was passiert? Ich kann mich an nichts mehr erinnern."

„Alles gut", sagte ich, „nichts ist passiert." „Wir hatten keinen Sex?" „Nein, wie kommst Du darauf?" „Ich dachte vielleicht." „Nein, als Du tief und fest schliefst, habe ich Dich zugedeckt, Dir den Wecker gestellt und bin gegangen." „Okay, danke."

Ein seltsamer Dialog. Aber die Arbeit rief. Janine wollte unbedingt dabei sein und kam mit, doch ihr tat im Laufe des Tages alles weh, also konnte sie nur 50% Arbeitsleistung bieten und musste sich zwischendurch immer wieder ein wenig ausruhen. Der Tag war anstrengend und verging schnell. Abends aßen wir wieder im Team zusammen, Janine saß neben mir und suchte meine Nähe, ihr linkes Bein berührte die ganze Zeit mein rechtes. Zufall?

Als sich alle ins Bett verabschiedeten, schaute sie mich süß an und fragte: „Wäre es zu viel verlangt, wenn ich Dich bitten würde, mich nochmal so schön zu massieren wie gestern? Das hat mir so gut getan. Ich spürte deutlich weniger Schmerzen und konnte so friedlich einschlafen." „Gerne, das mache ich wirklich gerne für Dich", nickte ich und folgte der immer noch humpelnden Janine auf ihr Zimmer.

Schnell war ihre Jeans ausgezogen und sie lag bäuchlings auf dem Bett. Auch ihr Shirt lag auf einmal neben ihr. Da war sie nun, halbnackt und massagegeil. Diesmal ein schwarzer String-Tanga, der mich anlächelte. Verdammt wenig Stoff! Verdammt wurde ich geil!

Selbst ihre Schrammen und Cuts konnten dies nicht verhindert. Ich zog mir meine elegante Hose aus und auch mein gelbes, schickes Hemd. In Unterhose gesellte ich mich zu ihr aufs Bett und startete mit einer Rückenmassage. Das gefiel Janine. Ich wollte diese Frau unbedingt haben, doch Peer spukte in meinem Kopf herum. Ich musste das klären. „Du, das erzählst Du dem Peer aber nicht, dass ich Dich hier massiere, oder?"

„Nein, wo denkst Du hin! Das würde der Arme nicht verkraften. Oh Mann, wenn der uns hier so sehen würde, dann würde der durchdrehen, dann könnte es 2 Tote geben." Ich bekam es mit der Angst zu tun und löste meine Hände von Janines Körper.

Die drehte sich zu mir um. Zum ersten Mal sah ich ihre zarten Brüste. „Hey, warum hörst Du auf? Ich verspreche Dir, ich sage es ihm nicht, niemals. Das ist und bleibt unser Geheimnis. Ich bin Dir sehr dankbar dafür, dass Du Dich so liebevoll um mich kümmerst. Ich kann Dir ja gerade nichts zurückgeben. Tausend Dank dafür." Sie hockte sich auf und küsste mich auf den Mund. „Ich verspreche Dir, das ist und bleibt nur unser beider Geheimnis."

Dann legte sie sich wieder hin und wartete auf mehr. Ich gab mehr. Ich massierte ihren Rücken weiter und dann tiefer an die Hüften. Nun war auch ihr Po dran. Er fühlte sich klein, sexy und knackig an. Janine atmete höchst entspannt und genoss. Nun ihre Oberschenkel, also die Rückseiten, und runter bis zu ihren Waden. Diese ganzen 30 oder 40 Minuten stand mein Penis wie ein Rohr. Kein Wunder bei diesem sexy Frauenkörper.

Plötzlich drehte sich die Janine um: „Wunderschön war das! Vielen Dank. Kannst Du auch bitte meine Knie noch massieren?" Dabei sah sie das Rohr. Sie blickte mir in den Schoß und staunte. Ich war ein wenig perplex. Sollte ich mich entschuldigen für meinen Ständer?

Aber warum auch? Es ist doch keine Schande und absolut natürlich und männlich, eine Erregung vorweisen zu können, wenn ein so schöner Frauenkörper sich so gut wie nackt vor einem befindet. Wir beide überspielten den Vorfall und sagten nichts.

Janine lag nun auf ihrem Rücken und schenkte mir eine klare Sicht auf ihren Traumkörper. Ihre Brüste waren klein, aber sehr schön, ihr Schlangen-Tattoo fand erneut den Weg in ihr Höschen, dieses offenbarte wieder ein Piercing.

Sie genoss, aber diesmal mit offenen Augen. Entweder schaute sie mir in die Augen oder auf meine Unterhose. Spätestens jetzt schien ihr Kopf-Kino gestartet zu sein. Ich blieb professionell cool und massierte alle Stellen, die sie wollte und mir anbot.

Je näher ich an ihrem magischen Feld war, desto sanfter streichelte ich. Meine Erregung blieb die ganze Zeit knüppelhart. Nach etwa 70 Minuten Gesamtmassagezeit und als meine Hände langsam müde wurden, beugte sie sich hoch zu mir und küsste mich erneut auf den Mund.

„Danke für alles, ich weiß das sehr zu schätzen, was Du da für mich tust. Kann ich auch irgendetwas für Dich tun? Die Kraft, Dich 1 Stunde lang zu massieren, habe ich momentan leider nicht, dazu tut mir alles zu weh, aber vielleicht gibt es ja einen anderen Weg, mich zu revanchieren."

Mit diesen Worten griff sie mir an die Unterhose und an meine Dong. Es fühlte sich himmlisch an. Ihre kleine Hand knetete ihn durch den Stoff. Ab hier gab es kein Zurück mehr für mich, aber zurück wollte ich auch gar nicht. „Wenn Du jetzt weitermachst, Du weißt schon, was Du hier tust", warnte ich sie. „Ich möchte keinen Ärger mit Peer." „Bekommst Du auch nicht. Ich sagte ja, das hier ist und bleibt unser Geheimnis. Ich schwöre. Vertraue mir."

Ich vertraute und ließ mich gehen beziehungsweise fallen. Schnell streifte mir Janine meinen Penisschutz ab und nahm ihn in ihre linke Hand. In ihrer kleinen Hand sah er sehr mächtig aus. Sie nahm ihre rechte Hand dazu und begann mit der erotischen Massage. Im Schneidersitz saß sie vor mir und kümmerte sich liebevoll und zärtlich um meine Lanze. Ohne Worte.

Janines Hände befriedigten meinen Rock genial. Als sie nach einigen Minuten langsam schneller wurden, war ich auch schon bereit und ejakulierte mein Sperma in ihre Hände und auf ihre Beine. Janine strahlte zu meinem Orgasmus und hatte sichtlich großes Vergnügen, mich erfolgreich gemolken zu haben.

Zärtlich streichelte sie mich aus und reinigte ihre Hände und ihren Körper mit einem Handtuch. „Ich hoffe, es war schön für Dich", hauchte sie mich an und küsste meine Lippen. „Es war wunderschön, Süße", hauchte ich zurück. „So schön, dass ich am liebsten dasselbe nochmal von Dir bekommen würde. Ich habe Dich ja auch zweimal massiert, also steht mir auch eine zweite Massage von Dir zu", zwinkerte ich sie an.

Sie lachte und küsste mich. Diesmal länger. Diesmal mit Zunge. Schön mit Zunge. „Du bist ein toller Mann", lobte sie mich. „Und Du eine tolle Frau", lobte ich sie. Sie erzählte mir von ihren Wünschen und Träumen im Leben, ich ihr von meinen. Ich hielt sie fest im Arm, während ihre Hand auf meiner Brust lag.

Irgendwann war ihre Hand nicht mehr dort. Ich sah sie 10 cm tiefer auf meinem Bauchnabel liegen. Und da wurde er wieder steif. Mein Penis wusste, dass es Zeit für die zweite Runde war. Janine rutschte weiter nach unten, bis sie ihn in der Hand hatte. Meine Hand war aber auch aktiv und streichelte ihren Po.

„Sag mal, hast Du da unten ein Intim-Piercing?"; fragte ich sie neugierig. „Ja", bestätigte sie meine Vermutung und zog sich ihr Höschen aus. Sie hockte sich vor mich und hielt mir ihre Fotze vor die Nase. Ich glotzte. Eine wunderschöne Pussy funkelte mich an. Die hatte beim Unfall nichts abbekommen. Genau auf ihrer Klitoris steckte ein metallisches Piercing. „Darf ich mal?", fragte ich vorsichtig und deutete an, dieses berühren und erkunden zu wollen.

„Ja, Du darfst", lächelte sie und schob ihren Intimbereich noch näher an mich heran. Ich streichelte ihren Bauch hinab und über ihre traumhaft schön geformten Schamlippen hin zu ihrer beschmückten Clit. Janine hatte die Augen geschlossen und atmete laut. Ich landete am Piercing und tastete es genau ab. Und schwupps, war mein Finger in ihrer feuchten Scheide drin.

Janine war damit sofort einverstanden. Nun war klar: Jetzt geht's ab! Wir küssten uns und einigen uns auf die 69er-Position, wo wir beide uns gleichzeitig Gutes tun konnten. Sie lag auf mir und ich streichelte und leckte ihren Schambereich.

Als meine Zunge ihr Piercing berührte und dann ihren Knopf, zuckte sie wie ein Aal unter Strom. Während ich sie oral befriedigte, befriedigte sie oral mich. Ihr Mund war ein Traum, denn sie war eine echte Blowjob-Queen. Unfassbar sinnlich blies sie mir einen, dass ich das Gefühl hatte, einen einzigen, ewig langen Orgasmus gerade zu haben.

Bevor ich abging, ging sie ab. 2 Orgasmen erlebte die süße Maus auf mir, ehe ich ihr mein Sperma in den Mund jagte. Es machte mir großen Spaß, ihre gepiercte Clit und ihre süßen Schamlippen zu lecken und daran zu saugen, zumal es etwas sehr Verbotenes war. Ihr wisst schon, Peer.

Als wir wortlos nebeneinander lagen, bekam Janine ein schlechtes Gewissen. „Hm, ich weiß nicht, ob das richtig war gerade eben", stotterte sie mich an. „Wegen Peer." „Ich weiß", stotterte ich zurück, „die feine Englische war das nicht, aber es war wunderschön, fand ich." „Ich auch", grinste Janine, „aber es muss ein One Night Stand bleiben, so schön und geil es auch ist mit Dir."

„Ein One Night Stand bedeutet aber auch, dass die ganze Nacht zählt, wir haben also noch Zeit", zwinkerte ich ihr zu. Sie lächelte teuflisch. „Gut, dann nutzen wir diese Nacht noch, solange wir können, aber morgen Früh ist es dann vorbei … leider", summte sie traurig in den Raum.

„Ich möchte Dich gerne ficken", stöhnte ich in ihr linkes Ohr und „Jetzt" in ihr rechtes. Kondome nutzte sie nicht mehr, denn mit Peer hatte sie ungeschützten Verkehr, wenn sie alle heiligen Zeiten mal welchen hatte. Ich entschied mich für die rohe Variante, ihr Piercing wollte ich live and in living action spüren. Da sie die Pille nahm und ich ihr versicherte, gesund zu sein, willigte sie schnell ein.

Der Fick mit Janine war bombastisch! Tief drang mein Schwanz in ihre kleine Möse ein, bis ans Ende, bis zur Gebärmutter, die ich spüren konnte. Entsprechend laut stöhnte Janine. „Du hast einen prächtigen Schwanz", rief sie voller Begeisterung, „der füllt mich enorm aus." In der Missionarsstellung begann ich sie zu nageln. Dann wollte die Fotze reiten. Wie auf einem Trampolin schleuderte ihr leichter Körper hoch und runter, ich spürte ihr Piercing die ganze Zeit an meinem Dong rubbeln.

All ihre Schmerzen und Blessuren waren in diesem Moment vergessen – sie ritt in Trance über ihr Limit. Als sie von hinten genommen werden wollte, plädierte ich auf Weiterreiten, so geil war es für mich. Ich kam. Mächtig. Saftig. Spritzig. Alles in sie hinein. Alles aus ihr heraus.

Dieser Fick mit Janine war bis heute einer der besten meines Lebens. Es fühlte sich so an, als wäre ihr Körper extra für mich gemacht. Wir passten zusammen wie 2 ineinander gesteckte Puzzle-Teile, einfach perfekt. Dieses Erlebnis musste wiederholt werden.

Nach einer längeren Pause fickten wir nochmal genauso. Ich zuerst als erfahrener Missionar, dann sie als passionierte Reiterin. Erneut fühlte es sich so verdammt stimmig an. Ich spritzte wieder in ihr ab. Genial! Dann schliefen wir erschöpft ein.

Am nächsten Morgen beging ich einen schweren Regelbruch, da – obwohl die Nacht des One Night Stands beendet war – ich zum letzten Mal ihre süße Pussy lecken wollte. Als Janine wach wurde und meine Zunge in sich spürte, wehrte sie sich nicht. Im Gegenteil: Sie machte ordentlich mit, als sie mich in die 69er-Position kommandierte und nun meinem Penis ein „Guten Morgen" blies.

Nach 3 heftigen Orgasmen ihrerseits schenkte sie mir meinen. Diesmal wichste sie mit der Hand zu Ende und leckte immer wieder mit der Zunge mein neuankommendes Sperma von der Eichel. Als sie sich umdrehte, hing ihr einiges noch an den Lippen. Wie süß! Das war's leider mit uns. Wir arbeiteten die letzten Tage professionell zu Ende und fuhren allesamt nach Hause.

Was passiert war, ist bis heute unser Geheimnis. Nur Janine und ich wissen es. Ihre Beziehung mit Peer ist nach wie vor intakt, Janine und ich verstehen uns prima, und immer wieder träume ich von dieser einen geilen Nacht mit der süßen Muschi-Piercing-Maus.

Buch-Tipps vom Womanizer

The Womanizer
Ich, der Fremdgeher 1
Die Abenteuer des Womanizers

Sex, Erotik, Liebe, Lust & Leidenschaft – dies ist die spannende Geschichte, die Autobiografie des Womanizers, eines Mannes, der seinem Leben keine Grenzen setzt und sich alle sexuellen Wünsche und Träume erfüllt.

Obwohl er glücklich in einer Beziehung mit seiner Freundin Andrea ist, die er über alles liebt, gönnt er sich alle Freiheiten, um das zu genießen, wovon andere Männer träumen. Er erlebt fantastische Abenteuer ebenso wie böse Reinfälle, heiße Affären, Sex mit 3 Frauen gleichzeitig, Erpressung, Glück und Leid in Beziehung und One Night Stands.

Erfahren Sie mehr über den Mann hinter der Maske und sein Leben. Fantasien werden Wirklichkeit, Wünsche wahr.

Ich, der Fremdgeher 1 ist ein hochexplosives und spannendes Werk, das den Leser fesselt, anregt und erregt. 63 Kapitel voller Sex, Lust und Leidenschaft. 200 Seiten pure Erotik.

Doch auch Schuld und Moral spielen eine Rolle. Immer wieder hinterfragt er sein schändliches Treiben und will seiner Freundin treu bleiben, doch die Lust ist zu groß und die weiblichen Reize sind zu stark ... und so stürzt er sich in das nächste Abenteuer.

Ein Buch, über das Sie noch lange sprechen werden!

ISBN 978-3-8423-2186-1
Books on Demand

Buch-Tipps vom Womanizer

The Womanizer
Ich, der Fremdgeher 2
Neue Abenteuer des Womanizers

Dies ist Teil 2, die prickelnde Fortsetzung der spannenden Lebensgeschichte des Womanizers, eines Mannes, der seinem Dasein keinerlei Grenzen setzt und sich alle seiner sexuellen Wünsche und Träume erfüllt.

Obwohl er mittlerweile glücklich verheiratet und stolzer Vater eines Sohnes ist, gönnt er sich die Freiheiten, um das zu genießen, wovon andere Männer nur träumen. Er erlebt fantastische Abenteuer ebenso wie böse Reinfälle, heiße Affären, Glück und Leid in Beziehung und One Night Stands.

Erfahren Sie alles über den Mann hinter der Maske und sein geniales Leben. Fantasien werden Wirklichkeit, Wünsche wahr.

Ich, der Fremdgeher 2 ist ein explosives und reizvolles Werk, das den Leser fesselt, anregt und erregt. 35 Kapitel voller Sex, Liebe und Leidenschaft, 200 Seiten pure Erotik, das ist die fantastische Welt des Womanizers.

Doch auch Schuld und Moral spielen eine Rolle. Immer wieder hinterfragt er sein schändliches Treiben und will seiner Frau treu bleiben, doch die Lust ist zu groß und die weiblichen Reize sind zu stark ... und so stürzt er sich in das nächste Abenteuer.

Die geniale Fortsetzung von Ich, der Fremdgeher 1. Ein Buch, das Sie nicht mehr loslassen wird, denn tief in Ihnen stecken auch der Trieb, die Lust, die Gier auf Erfüllung aller Ihrer sexuellen Wünsche und Fantasien.

ISBN 978-3-8448-7446-4
Books on Demand

Buch-Tipps vom Womanizer

The Womanizer
Ich, der Fremdgeher 3
Die letzten Geheimnisse des Womanizers

Dies ist Teil 3, der prickelnde Abschluss der Trilogie über das einzigartige Leben und Wirken des Womanizers, eines Mannes, der sich, trotz hübscher Ehefrau und zweier wundervoller Kinder, außertourlich alle seine sexuellen Wünsche und Träume erfüllt. Dabei erlebt er das, wovon andere Männer nur träumen.

Diesmal u.a.: Sex mit den blutjungen Animateurinnen Grit und Hanna, spannende Abenteuer in der Glory Hole Bar, eine heiße Romanze mit PR-Marketing-Lady Ella, der fantastische Vierer mit den US-Girls Chloe, Madison und Stella, Kindermädchen Magdalena auf Extratour, Erotikmassagen der göttlichen Luisa, Jugenderinnerungen an Raliza, Techtelmechtel mit Praktikantin Aiko, Reinfall mit Frauke, Oh Julia, Andreas geheime Kiste, Ü-50erin Sabrina, Playboy-Lifestyle mit den Hostessen Torrie und Whitney, die scharfe Kerstin u.v.m.

Ich, der Fremdgeher 3 ist ein explosives und reizvolles Werk, das den Leser fesselt, anregt und erregt. 34 Kapitel voller Sex, Liebe und Leidenschaft, 200 Seiten pure Erotik, das ist die extravagante Welt des Womanizers.

Die geile Fortsetzung von Ich, der Fremdgeher 1 & 2. Ein Buch, das Sie nicht mehr loslassen wird, denn tief in Ihnen stecken auch der Trieb, die Lust, die Gier auf Erfüllung aller Ihrer sexuellen Fantasien.

ISBN 978-3-7460-1524-8
Books on Demand

Buch-Tipps vom Womanizer

The Womanizer
Sex Bomb
100 Tricks, Frauen ins Bett zu bekommen

DER PLAYBOY TRICK * DER PIANIST TRICK * DER FEUERWEHRMANN TRICK * DER BABYSITTER TRICK * DER 6 RICHTIGE IM LOTTO TRICK * DER BILLARD TRICK * DER MAGISCHE ZETTEL TRICK * DER KINO TRICK * DER HUNDEHALTER TRICK * DER ROTE ROSEN TRICK * DER BARMANN TRICK * DER ZAUBER TRICK * DER CHEFREDAKTEUR TRICK * DER JUNG-FRAU TRICK * DER SPIONAGE TRICK * DER SCHLITTSCHUHLÄUFER TRICK * DER PORNODARSTELLER TRICK * DER MASSEUR TRICK * DER VERFLOS-SENEN TRICK * DER SCARY MOVIE TRICK * DER BUCHAUTOR TRICK * DER FUSSBALLSPIELER TRICK * DER BLIND DATE TRICK * DER KOLLEGIN TRICK * DER FOTOGRAF TRICK * DER GIPS TRICK * DER KONZERT TRICK * DER WETTE TRICK * DER REPORTER TRICK * DER SAUNA TRICK * DER KAMASUTRA TRICK * DER CHARLIE SHEEN TRICK * DER SCHLANGEN TRICK * DER WETTBEWERB TRICK * DER AMATEURPORNO TRICK * DER RESTAURANT CHEF TRICK * DER GEBURTSTAGSPARTY TRICK * DER UM-ZIEH TRICK * DER SCHÖNE FRAU TRICK * DER SHOPPING TRICK * DER CALLBOY TRICK * DER XXL-KONDOM TRICK * DER EBAY TRICK * DER EBAY DELUXE TRICK * DER BETTENKAUF TRICK * DER POKER TRICK * DER ANNA TRICK * DER MASKENBALL TRICK * DER EINKAUFS TRICK * DER EX ONE NIGHT STAND TRICK * DER DJ KUMPEL TRICK * DER POR-SCHE TRICK * DER BORDELL CASTING TRICK * DER BORDELL CASTING DELUXE TRICK * DER SEXSHOP TRICK * DER STILLE TRICK * DER E-MAIL TRICK * DER FACEBOOK PARTY TRICK * DER JOGGER TRICK * DER THER-MEN TRICK * DER ROBINSON CLUB CAMYUVA TRICK * DER 25 ZENTIME-TER TRICK * DER SALTO TRICK * DER TRAUM TRICK * DER COACHING FÜR SINGLES BUCH TRICK * DER 5 DVDS ZUR AUSWAHL TRICK * DER STRAPSE TRICK * DER MASSAGEKURS TRICK * DER VISITENKARTEN TRICK * DER WITZE TRICK * DER TAGEBUCH TRICK * DER VIBRATOR TRICK * DER SPIRITUELLE TRICK * DER TANZ TRICK * DER WELTREKORD TRICK * DER POLEN TRICK * DER 10 MINUTEN TRICK * DER VERLASSE-NEN TRICK * DER PFIFFIGE TRICK * DER SCHLAF MIT MIR TRICK * DER SCHAUSPIELFREUNDIN TRICK * DER GANZKÖRPERMASSAGE TRICK * DER FLOATING TRICK * DER ZUCKERWATTE TRICK * DER BUTLER TRICK * DER KÄLTE TRICK * DER PROMIFOTO TRICK * DER STEWARDESS TRICK * DER RETROSPEKTIVE TRICK * DER KUMPEL TRICK * DER CHEF TRICK * DER KAJAK TRICK * DER SCHWESTER TRICK * DER WEIHNACHTSMANN TRICK * DER PUTZFRAU TRICK * DER GESCHENK TRICK * DER SPRICH MICH AN TRICK * DER SADOMASO TRICK * DER ZAHLEN TRICK * DER SPEED-DATING TRICK

ISBN 978-3-8448-0574-1
Books on Demand

Buch-Tipps vom Womanizer

The Womanizer
Meine heißesten Sex-Abenteuer

The Womanizer präsentiert seine allerheißesten Sex-Abenteuer! Nach dem großen Erfolg seiner Bestseller Ich, der Fremdgeher Band 1-3 ist dies das nächste Meisterwerk des Mannes, der bereits über 1.000 Frauen im Bett hatte und als Casanova und Don Juan des 21. Jahrhunderts in die moderneren Geschichtsbücher eingehen wird.

Hier schildert er seine geilsten und heißesten Sex-Erlebnisse der letzten 10 Jahre seines aufregenden Lebens und Tuns: Barbara, Teresa, Mary, Iris, Tammy, Rimma, Caro, Lucy, Paula, Jenny, Gabi, Denise, Raliza, Katja, Angie, Anja, Jana, Celine und Alicia heißen die Damen, die The Womanizer für dieses Best of ausgewählt hat.

Jedes dieser Abenteuer zählt zu seinen Favourites. Tauchen Sie ein in die Welt und den Körper des Womanizers und erleben Sie mit ihm seine heißesten Sex-Abenteuer – live und hautnah, uncensored und geil, prickelnd und erlösend.

Spüren Sie die Zärtlichkeiten, den Sex, die Erotik, die Lust und die Leidenschaft, die dieses Buch zu einem interaktiven Lesevergnügen machen. The Womanizer wünscht Ihnen viel Freude mit Meine heißesten Sex-Abenteuer!

ISBN 978-3-8448-1952-6
Books on Demand

Buch-Tipps vom Womanizer

The Womanizer
SEXSÜCHTIG!
(M)EINE FRAU IST NICHT GENUG

(M)EINE FRAU IST NICHT GENUG – das ist die Philosophie,
das Lebensmotto des Womanizers!

Nach seinen vielen Bestseller-Büchern präsentiert der Playboy
des 21. Jahrhunderts nun sein vorerst letztes Werk *SEXSÜCH-
TIG!*, in dem er die wundervolle Beziehung zu seiner Frau Andrea beschreibt und gleichzeitig über seine besten und geilsten
Seitensprünge intimst Auskunft gibt.

Erfahren Sie mehr über den Mann, der über 1.000 Frauen im
Bett hatte, und seine heißen Sex-Abenteuer mit Isabel, Simone,
Carmen, Melly, Sandy, Samira, Michèle, Bianca, Lena, Silke,
Lolita und Wendy. Megaerotisch und anregend sind seine Schil-
derungen von Liebe, Sex und Zärtlichkeit, Lust und Leiden-
schaft, Gier und Verlangen.

(M)EINE FRAU IST NICHT GENUG – der Drang nach neuen
Erfahrungen, nach jungen, schönen Körpern und tabulosen Mädels ist groß. Und die Mädels sind willig.

The Womanizer nimmt sie gerne, aber nur die Besten! Und was
die so alles können, erfahren Sie in diesem Buch!

ISBN 978-3-8482-0035-1
Books on Demand

Buch-Tipps vom Womanizer

The Womanizer
Sexy!
Memoiren eines Playboys

Tauchen Sie ein in eine Welt voller Lust, Leidenschaft, Sex und Erotik! The Womanizer präsentiert seine Memoiren und berichtet von seinen geilsten Sex-Abenteuern mit blutjungen, bildhübschen 18-jährigen Mädchen bis hin zu 43-jährigen, reifen Damen.

Sie alle sind ihm hilflos verfallen und finden einen Ehrenplatz in diesem spannenden Werk, das durch intimste Schilderungen und faszinierende Erlebnisse überzeugt.

„Sexy!" ist ein interaktives Lesevergnügen – The Womanizer erzählt seine Begegnungen hautnah und lebendig, als wären Sie persönlich dabei. Freuen Sie sich auf 24 Ladies und ihre Traumkörper, ihre Lust und Gier nach einem Mann, der sie glücklich macht.

Anhand seiner extraorbitanten Leistungen ist The Womanizer zweifelsohne DER Playboy des laufenden 21. Jahrhunderts! Wir sagen: Viel Spaß beim Lesen und Genießen dieses Buches!

ISBN 978-3-8482-0153-2
Books on Demand

Buch-Tipps vom Womanizer

The Womanizer
Verbotene Lust!
Sex ist mein Leben

In „Verbotene Lust!" führe ich Sie in meine geile Vergangenheit und präsentiere einige Raritäten und Perlen meiner sexuellen Lust. Da ich meine Abenteuer dokumentiere, weiß ich exakt Bescheid und kann detailgenau das schildern, was ich erlebe, wovon andere Männer nur träumen.

Auch wenn diese Lust eigentlich „verboten" ist, so ist sie für mich normal. Ich sehe nichts Schlimmes daran, dass ich mich sexuell auslebe und mir meinen Spaß in anderen Betten hole. Ich verletze meine Ehefrau Andrea ja nicht, sie kennt halt nur nicht die volle Wahrheit. Und die wird sie auch nie erfahren.

Freuen Sie sich auf meine sexuellen Abenteuer mit der Therapeutin Silva, das Maskenball-Spektakel, den sensationellen Vierer mit Kylie & Nele & Helene, die Sex-Toy-Verkäuferin Cathy, die Praktikantin Kerstin, das 18-jährige Kindermädchen Magda u.v.m.

Sex ist mein Leben, daher werde ich stets die „Verbotene Lust" mitnehmen, leben und genießen, denn ich bin und bleibe The One & Only Womanizer!

ISBN 978-3-7460-4353-1
Books on Demand

Buch-Tipps vom Womanizer

The Womanizer
Meine besten Dreier
2 Ladies & The Womanizer

Was für viele Männer ein ewiger, unerfüllter Traum bleibt, ist für mich geile Realität: Der sagenumwobene flotte Dreier! Ach, wie oft schon habe ich 2 Frauen gleichzeitig im Bett gehabt und sensationelle Stunden mit ihnen erlebt. Wenn auf einmal 4 Hände und 2 Münder loslegen und ihr Allerbestes geben, dann sieht man die Sterne funkeln.

Nach meinen Verkaufsschlagern Ich, der Fremdgeher 1-3, diversen Fortsetzungen und Specials ist es an der Zeit, der großen Nachfrage gerecht zu werden und den Spot auf meine besten Dreier zu lenken. Hierbei gilt das Gesetz: Wenn ich Gruppensex habe, bin ich der einzige Mann! Platz für einen zweiten gibt es nicht. Und die Frauen, mit denen ich es treibe, müssen hübsch und geil sein. Sexhungrig, offen für alles.

Wenn meine geschätzte Frau Andrea von meiner Dreier-Leidenschaft wüsste, würde sie mich umbringen. Nun ja, einmal hat sie ja selbst mitgemacht, mit der süßen Lena. Dieser ganz besondere Dreier wird ausführlich im Werk behandelt und erhält als Abschlusskapitel den Ehrenplatz. Aber sonst bin ich für Andrea ein liebender, treuer und einfach der perfekte Ehemann und Partner. Bin ich ja auch, bis auf das mit der Treue …

Lassen Sie sich eines versichern: Wenn Sie bisher noch keinen Dreier mit 2 Frauen erlebt haben, Sie Armer, dann haben Sie wirklich etwas Ultimatives verpasst!

ISBN 978-3-7528-3132-0
Books on Demand

Buch-Tipps vom Womanizer

The Womanizer
Geile 18
Jung, Schön, Sexy & Versaut

Die Zahl 18 ist eine magische, denn sie beschreibt die Eigenschaften, die mir an Frauen wichtig sind: Jung, Schön, Sexy & Versaut! Ich spreche von Göttinnen, die soeben die Grenze vom Mädchen zur Frau überschritten haben und sich in einem überaus reizvollen Alter befinden.

Wenn ein Mädchen endlich volljährig wird, steht sie mir offen. Yeah! Ihre süßen, noch mädchenhaften Rundungen, ihr straffer, faltenfreier Körper, ihr naiver, unschuldiger Blick – all das verführt mich ungemein. Noch mehr verführen mich die 18-jährigen Luder, die es darauf anlegen. Die um Analsex betteln, Fesselspiele beherrschen, Sperma genüsslich schlucken und genau wissen, wie sie mich genial befriedigen können. Die mit 18 bereits alle Tabus abgelegt haben, um im Bett ihre und meine Erfüllung zu erleben.

Als Familienvater Ende 30, mit der tollen Andrea verheiratet und Vater zweier wundervoller Kinder, als renommierter TV-Produzent und Gutverdiener, ist es mir eine Ehre, auch heute noch mir das zu holen, was ich möchte. Sexuell. In meinem Leben habe ich bereits über 1.500 Frauen im Bett gehabt, davon waren sicher 100 dabei, die Sweet Little Eighteen waren.

Aufgrund großer Nachfrage habe ich meine besten sexuellen Erlebnisse mit 18-jährigen Girls zusammengestellt. Und dabei festgestellt: Ein Buch reicht dafür nicht aus! Daher kündige ich jetzt schon eine Fortsetzung dieses Werkes an.

ISBN 978-3-7528-8060-1
Books on Demand

Buch-Tipps vom Womanizer

The Womanizer
Supergeile 18
So Jung, Schön, Sexy & Versaut

„18" ist eine magische Zahl, denn sie beschreibt genau die Eigenschaften, die mir an Frauen wichtig sind: So Jung, Schön, Sexy & Versaut! Die Rede ist von Göttinnen, die soeben die Grenze vom Mädchen zur Frau überschritten haben und sich in einem überaus reizvollen Alter befinden.

Wenn ein Mädchen endlich volljährig wird, steht sie mir offen. Yeah! Ihre süßen, noch mädchenhaften Rundungen, ihr straffer, faltenfreier Körper, ihr naiver, unschuldiger Blick – all das verführt mich ungemein. Noch mehr verführen mich die 18-jährigen Luder, die es darauf anlegen. Die um Analsex betteln, das Fesselspiel beherrschen, Sperma genüsslich schlucken und genau wissen, wie sie mich genial befriedigen können. Die mit 18 bereits alle Tabus abgelegt haben, um im Bett ihre und meine Erfüllung zu erleben.

Als Familienvater Ende 30, mit der tollen Andrea verheiratet und Vater zweier wundervoller Kinder, als renommierter TV-Produzent und Gutverdiener, ist es mir eine Ehre, auch heute noch mir das zu holen, was ich möchte. Sexuell. In meinem Leben habe ich bereits über 1.500 Frauen im Bett gehabt, davon waren sicher 100 dabei, die Sweet Little Eighteen waren.

Aufgrund großer Nachfrage habe ich meine besten sexuellen Erlebnisse mit 18-jährigen Girls zusammengestellt. Und festgestellt: Ein Buch reicht dafür nicht aus! Dies ist Teil 2, die Fortsetzung von „Geile 18"! Auf geht's in einen supergeilen Liebesstrudel, denn sie sind So Jung, Schön, Sexy & Versaut!

ISBN 978-3-7528-2472-8
Books on Demand